Kromer · Späte Prosa

AF237262

Heinrich Ernst Kromer

Das literarische Werk

Herausgegeben von
Jürgen Glocker und Klaus Isele

Band 5

MIX
Papier aus verantwortungsvollen Quellen
Paper from responsible sources
FSC® C105338

Heinrich Ernst Kromer

Späte
Prosa

Mit einem Nachwort von Jürgen Glocker

und Zeichnungen von H. E. Kromer

Klaus Isele Editor

Dieses Buch erscheint bei KLAUS ISELE · EDITOR

Alle Rechte vorbehalten © Eggingen, 2021

Umschlagfoto: Klaus Isele

Herstellung und Verlag:
BoD – Books on Demand, Norderstedt
ISBN 978-3-7534-0902-3

INHALT

ANHANG

Aus der Metma-Mühle

An der Metma, dem starken Schwarzwaldbach, lag noch vor einem halben Jahrhundert in der Tiefe eines tannenbestandenen engen Tals eine alte Mühle, und wer sie zum ersten Mal dort unten entdeckte, mochte glauben, sie habe sich in diesem Loch vor den Menschen wie ein Klausner verborgen. Der die Mühle erbaute, hatte aber keine so weltflüchtigen Gedanken; er wertete das reiche Wasser des immer gleichen Quellbachs als eine Kraft, die ihm ein großes Rad und die schweren Mühlsteine unermüdlich treiben konnte, dazu kaum vierzig Schritt abwärts auch noch Rad und Gatter eines bescheidenen Sägewerks. Und dieses sägte ihm mit den Jahren die ringsum ragenden Tannen in Balken und Bretter und versorgte damit die Dörfer ob dem Tale und in der Umgebung; dort dankten die Häuser mit ihren wetterbraunen Holzwänden unter den ungeheuren Strohdächern ihr Dasein dem kleinen Werk an der Metma und ihre Bewohner dann der einsamen Mühle auch des Lebens nötigste Speise, wenn sie im Vaterunser um das tägliche Brot beteten. Weil das Werk aber in diesem Waldloch lag, tauften es die Menschen ringsum Lochmühle, und der Name blieb, obschon seit Jahrzehnten die schöne alte Mühle einem kahlen Steinbau gewichen und auch das braune Sägewerk verschwunden ist, im Verfall allmählich vom Metmabach hinabgeschwemmt.

Sterben solche Werke aus geheimen Ursachen dahin oder werden vor Alter kraftlos, dann mag die alte Schnecke ihr Haus aufgeben und eine andre dreinlokken unter dem Vorgeben, es nähre seinen Bewohner und sei ihm ein währschafter Schutz über dem Kopf und noch auf Zeiten hinaus tauglich für Kind und Kindeskinder; und weil solches unbedenklich ein Mann glaubte, Martin des Namens nach seinem Geburtsheiligen, so zog er mit seinem Weib Line und vier Kindern in die alte Mühle. Denn in jenen Jahren stand ein Mahlwerk im größeren Nebental still, da sein Besitzer in Kalifornien dem Gold nachlief und die Mühlsteine neben dem Haus in Staub und Brennesseln versinken ließ. So mochte der Lochmüller auf seine laufenden Steine vertrauen, daß sie ihn um so gewisser ernähren würden, und als die feiernde Mühle feil und Martin von Weib und Verwandtschaft gestoßen wurde, sie zu kaufen, auf seinem bescheidenen Werk sitzen bleiben, so sehr auch die Müllerin dawiderwirken und -worten mochte.*

Und zum Unglück behielt sie recht: Die Zeiten nämlich leichterten nicht; zudem war eines Tages aus Amerika der Besitzer der anderen Mühle, der Riedersteger, wieder auf seinem Haus, und dem Lochmüller verknappte sich Tag um Tag nicht nur sein Kornmehl, sondern seit einem Jahrzehnt wurde auch sein Sägmehl weniger und reichte ihm bald kaum noch, die Speckseiten damit zu räuchern. Die Sorgen und Klagen der Müllerin bekamen Oberwasser über Martins unterschlächtige Räder, die der treuen Metma zum Trotz immer karger und verdrossener liefen; damit wurden aber in der Mühle die heranwachsenden Kinder ent-

---

* Wortlaut entspricht der Originalausgabe von 1937.

behrlicher und für die bedrängten Eltern kostspieliger, und das Ende war, daß einstweilen der älteste Sohn Adolf, wie vor zehn Jahren der Riedersteger, nach dem goldenen Strohhalm griff, um die Mühle um einen verzweifelten Schwimmer leichter zu machen und, soweit es möglich werden wollte, den Eltern zu helfen.

Indes konnte sich Frau Line glücklicherweise sagen, daß der Entschluß ihres Sechszehnjährigen keinen sonderlichen Heldensinn verlangte. Seiner Mutter Bruder Dorus hatte in Kalifornien sein Glück gemacht; der zweite aber, der Vetter Donat, wie dort der Sprachbrauch gemeinhin den Mannsverwandten nennt, grub mit Erfolg auf dem Goldplatz weiter, den ihm zur Ausbeutung Dorus gerichtlich übermacht hatte. So griff Adolf entschlossen nach dem kalifornischen Rettungstau, und in der Mühle hatten sie nach einem Vierteljahr Hin- und Herpost die erlösende Gewißheit, daß der Junge drüben willkommen und auch das Reisegeld für ihn bereit sei. Da meinte Frau Line füglich mit einem Seufzer der Erleichterung und wiederholte es sogar: Der Bruder Donat sei, wenn sie von Dorus absehe, von ihrer achten doch immer der Beste und Brävste gewesen.

Dies war im Frühjahr 1865. Hin- und Herschreiben der Beteiligten hatten die Entscheidung soweit hinausgezogen, und Mutter und Sohn waren eigentlich zufrieden mit der Galgenfrist, die ihnen mit der Verschiebung der Reise bis nach der Ernte gegönnt war. Aber noch ahnten beide nicht, daß darüber sich unverhofft Hindernisse einstellen konnten. Anfangs übersahen sie diese gutgläubig; dann aber fand Frau Line eines Tages doch, sie müsse ihnen ins Auge sehen. Und da meinte sie denn bei sich: Hätte der treue Metma-Bach plötzlich gegen seine Art mit dem Wasser gegeizt, es wäre für Rad und Mühlsteine nicht so gewichtig und fühlbar gewesen wie für sie und den Sohn diese anfangs kaum beachteten Dinge.

An einem Montag in der Frühe geschah es, daß Adolf gegen seine Gewohnheit später erwachte. Er hatte sich darauf kaum aus dem Bett erhoben und ein wenig die Augen ausgerieben, so lief er eilends zum Kalender, worin er sonst die Mühlenkundschaft führte, suchte darin den Tag und merkte ihn an; es war der 23. April. Dann warf er sich rasch in die Kleider und ging in die Stube hinunter, nachdenklich und ernst, ganz wider seine gewohnte muntere Art.

Um den runden Tisch im Herrgottswinkel saßen die Leute des Müllers beim Morgenessen: außer den Eltern die siebzehnjährige Tochter Friederike und ihre jüngeren Brüder Berthold und Gustav, und füllten nach dem Tischgebet ihre Teller mit Habermus; damals war Kaffee noch nicht das Frühstück des Wälderbauern.

Da trat mit bedrücktem Morgengruß Adolf ein, nahm Platz, sprach leise das Tischgebet und schöpfte sich dann aus der rotbraunen mächtigen Schüssel seinen Teller voll, als gälte es Fünfen. Die Mutter sah ihren kraushaarigen Blonden schweigend von der Seite an, und dieser fühlte den Blick ihrer stahlblauen Augen in Erwartung ihres Tadels oder Spottes, ihrer üblichen Waffen, wenn sie mit der Haltung eines Kindes unzufrieden war.

Die Neugier und leichte Schadenfreude der Geschwister ließen dagegen Adolf gleichgültig; die konnte er ihnen eines Tages heimzahlen; aber das Schweigen der Mutter lag ihm so fühlbar auf, daß er eine Erleichterung empfand, als sie den Mund auftat. »Das will nun«, sagte sie, »unser Amerikaner sein und kann in der Frühe nicht zeitig zur Arbeit kommen. Der Vetter Goldgräber wird seine Freude an dir haben!«

Die Geschwister lächelten spöttisch zu diesen Worten, während der Getadelte mit dem Löffel im Habermus herumwerkte, als wolle er es worfeln statt abkühlen. Er war zu streng erzogen, um gegen die Mutter eine Erwiderung zu wagen; bei weiterem Tadel aber – und er rechnete damit – hoffte er Gelegenheit zu finden, schicklich einzuhaken.

»Bist wieder einem Traum nachgelaufen, alter Bibel-Josef, hm?« fragte die Mutter weiter.

Der Sohn erhob den Blick mit leichtem Lächeln und sah ihr frei in die Augen. »Ja, Mutter, einem Traum, und einem besonderen gar«, sagte er. »Wenn Ihr mir ihn nur deuten wolltet; aber Euch ist das ja Narrenkram.«

Er hatte das etwas trumpfend gesagt und lächelte jetzt nachsichtig gegen die Mutter, einer Erwiderung gewärtig; die Mutter aber schwieg. Sie blickte scharf vor sich hin aus dem strengen, kantigen Gesicht, unerbittlich wie eine Norne. Allmählich milderte sich ihre Miene, und sie saß nachsinnend. Es schien ihr mit einmal ungerecht, daß sie den Sohn als Träumer nahm, nur weil er die Gebilde seines Schlafes offen hinzulegen pflegte. Sonst griff er doch wach und entschlossen

11

zu, wo er's am Platze oder notwendig fand. Dann entsann sie sich auch einiger Begebnisse: Da hatten sich seine Träume zum Teil merkwürdig erwahrt, und sie hatte sich wohl geäußert, man möchte sie als erfüllt hinnehmen, wenn nicht alles doch nur Zufall wäre. Und dieser Träumer wollte nun mutig anpacken und der Mühle in ihrer Bedrängnis Rettung schaffen? Rettung – ja – so Gott wollte!

Aus diesen Gedanken weckte der Mann sie, indem er spaßend zu Adolf sagte, er sollte seinen Wundertraum halt zum besten geben; er sehe ja, wie ernst die Mutter dreinschaue, dieweil sie doch so gerne was zu lachen hätte.

»Will's der Himmel, ist es zum Lachen!« warf Frau Line ein und sah auf den Sohn, ob er beginne. Aber diesem schien plötzlich der Traum zu ernst, als daß er ihn zum Spott Mutter und Geschwistern preisgeben durfte; und wen anders rührte der auch als ihn? Denn er konnte ihm das Ziel verrücken, fiel ihm ein.

Er verstockte sich aufs neue und fühlte sich verletzt, als jetzt der Vater, der sich sonst um die Auswanderung nicht aufregte, ihn wiederum anbohrte. Warum er denn seine Sache auf einmal so kostspielig mache, nachdem er allen den Wunderfitz gewetzt habe? »Die Mutter brennt ja auf dein Geheimnis«, fügte er hinzu.

Adolf forschte im Gesicht der Mutter; er sah darin Unmut und Vorwurf, und sie dauerte ihn.

»Dann kann ich's ja sagen«, versetzte er widerstrebend, und begann zu erzählen, scheu, als müsse er eine Schuld beichten.

»Ja – das ist mir merkwürdig vorgekommen«, stak-

ste er heraus, – »und ich kann nichts damit anfangen.«
In einem wildfremden Land sei er bei einem Hütten-
dorf an einem starklaufenden Bach gegangen und habe
von fern den Vetter Donat erkennen können, mit einem Pickel auf der Achsel gleich dem Goldgräber auf
Vetter Dorys Siegelring; aber plötzlich sei ein Fremder aus ihm geworden. Einer mit einem mächtigen
Schlapphut auf dem Kopf und einem feuerroten Stoff-
gürtel um den Leib; dazu habe er einen Spitzbart gehabt, wie des Schmiedkobels droben im Dorf. Der
Mann habe jetzt einen Brief aus der Tasche gezogen
und eine Zeitlang gesonnen, ob er ihn lese, und als er
das dann getan, das Papier in kleinen Fetzen im Bach
wegschwimmen lassen. Darauf sei ihm der Mann drüben entgegengewandert und habe im Vorbeigehen mit
der Rechten gefuchtelt, als wolle er ihm abwinken; der
Bach sei in ein dünnes Wiesenwässerlein verschrumpft,
der Fremde verschwunden, er aber auf die Suche nach
Donat gegangen. »Und daran«, so schloß der Erzäh-
lende, »bin ich im hellen Morgen aufgewacht.«

Er hielt den Blick der Mutter zugewandt, ob sie ihm
Bescheid gebe; sie schwieg indes.

»Und jetzt, Mutter: Meint Ihr nicht, das sei der
Mann gewesen«, fragte er, »der beim Vetter Teilhaber
werden möchte, und der will ihn nicht, schreibt er?«

Zuerst erschreckte diese Meinung die Mutter; sie
verwies sie ihm denn auch: »Geh mir, am hellen Morgen Geister sehen! Kein Wunder freilich, daß dir solches Zeug im Hirn aufstößt, wo du bloß noch Gold
und Amerika sinnst!«

Adolf wagte keinen Einwand mehr. »Was hast du

nicht geschwiegen!« dachte er und erhob sich mit den andern und ging hinaus an die Arbeit. Von dem Traum war fürder nimmer die Rede; dem jungen Menschen aber ging er nach, und er besann ihn ernster, als er ihm zuweilen gut scheinen wollte.

Die Zeit ging schneckenhaft dahin in der einsamen Mühle und die Arbeit bei so kargen Aufträgen einförmig. Da waren die sieben oder acht Wochen sehr lang seit jener morgendlichen Aussprache zwischen Mutter und Sohn, und dieser, der kaum noch halb in das verlorene Tal gehörte, fand Muße, über seine Zukunft zu brüten. So stand er einmal wieder wie öfters am brüchigen Holzgeländer der kurzen Metma-Brücke vor der stilliegenden, zerfallenden Sägemühle und schaute in die Wirbel und kleinen Strudel des Bachs, wie sie immer gleichmäßig um die Steinblöcke gurgelten und dann im Schattendunkel des Tannentales verschwanden. Dem jungen Menschen tat das kräftige, rastlose Wasser leid; es reute ihn, weil es kaum halb beschäftigt unter der Mühle und völlig brach unter dem Rad des Sägewerkes wegfloß und den Menschen verächtlich den Rücken kehrte, die ihm keine Arbeit mehr boten. Geschlechterlang hatte es unermüdlich die Insassen der beiden Werke bedient und ernährt, und nun stand einer da und besann diese traurigen Dinge und war der erste, der dem getreuen Wasser nachlaufen und in der Hauptströmung, darin es unterging, rheinab fahren sollte, dem Meer zu, wohinter ein fremdes Land den Söhnen eines verarmenden Wäldertals das tägliche Brot und Fortkommen geben mußte. Ungerufen fiel ihm darob Kalifornien ein und der Vetter dort, der ihm eine Rettung sein wollte; auch daß dieser nach so vielen Wochen jetzt den letzten Bescheid aus der Lochmühle in Händen haben und wohl gar den eignen, wenn er rasch geantwortet, nahe am Metma-Tal vermuten konnte.

Da drang in sein Nachsinnen scharf die Stimme der Mutter: »Adolf, geh schaffen; träumst du wieder?«

Der Getadelte folgte. Unter der Haustür blieb er einen Augenblick stehen und wandte ohne besondere Absicht den Blick nach der Straße zurück, die sich links hinauf merklich steil in die Tannen wandte und verschwand. Da sah er es zwei-, dreimal rot zwischen den Stämmen schimmern und wieder verschwinden; kurz hernach aber bemerkte er einen dunkelgekleideten Menschen mit großem Schlapphut und brandrotem Gürtel aus dem Wald treten und staunte überrascht, ja erschrak und wandte sich schnell in den Hausflur.

»Mutter, weidlich!« rief er erregt: »Schaut hin, er kommt.« So eilig wie der Rufer hatte es die Gerufene nicht. Sie trat gemächlich aus der Küche, trocknete die Hände an der Schürze und fragte: »Was schreckst du einen! Siehst wieder Geister? Wer soll's denn sein?«

»Schaut nur!« sagte Adolf außer Atem und nahm die Mutter bei der Hand. Aus meinem Traum – der Mann.«

Sie standen unter der Haustür. Der Fremde kam langsam auf die Mühle zu, mit forschendem Blick auf die beiden, die ihm als Unverhofftem neugierig entgegenstarrten. Er trug eine rote Tuchbinde als Gürtel, einen vertragenen dunklen Samtanzug und einen großen Schlapphut; als Adolf aber gar den Spitzbart ge-

15

wahrte, befiel ihn ein leiser Schauder, und er flüsterte der Mutter zu: »Er ist's!«

Der Fremde war herangekommen. Er brachte nachlässig zwei Finger der Rechten an den Hut und fragte, ob er richtig des Weges und das die Lochmühle sei.

Die Müllerin nickte schweigend; der Fremde schien etwas unsicher zu werden und nach schicklichen Worten zu suchen; darüber befiel aber Adolf der Eifer.

»Ihr kommt vom Vetter Donat, Herr?« fragte er überstürzt. Die Mutter verwies ihm's; der Fremde aber sah verwundert drein; dann lächelte er leicht. »Wenn der junge Herr der Vetter Adolf ist« – sagte er forschend.

»Es ist mein Sohn, Herr, und Donat mein Bruder«, meinte die Müllerin ruhig. »Kommt Ihr von ihm?«

Der Mann zögerte. »Ich bin mit ihm zusammengekommen, und er sagte mir, einer seiner Verwandten wolle hinüber. Ich habe euch Grüße zu sagen«, fuhr er dann stockend fort, als überlege er alles erst.

»Brief hat er Euch – « fragte Adolf hastig; aber die Mutter hieß ihn schweigen; dann nahm sie selber die Frage auf: »Zwar ja – Brief hat er Euch keinen mitgegeben?«

Der Fremde verneinte. Er sei drüben überraschend weggereist und der Vetter gerade sehr beschäftigt gewesen, sagte er.

Die Müllerin bat den Fremden in die Stube, gab Adolf einen Wink und kam dann, als Apfelmost und Kirschwasser zum Rauchfleisch vor dem Gast standen und sie ihn zuzugreifen gebeten, wieder aufs Kalifornische.

Der Fremde trank einen Schluck Most und schnitt sich etwas von dem Geräucherten ab, aß aber gar nicht so räubermäßig, wie er aussah und sich's die Müllersleute erwartet hatten; eher zierig wie eine Jungfer. Ebenso vorsichtig hielt er sich zunächst im Gespräch, während Frau Line gern einen Leiterwagen voll Neuigkeiten gehört hätte, weitgereist, wie der Gast war.

»Oh, wie's drüben geht?« meinte der schließlich stockend auf der Müllerin Frage. Die Verhältnisse seien nimmer wie vor einem Dutzend Jahren unter dem General Sutter. Der Vetter habe ihm auch nebenbei zu berichten aufgetragen, der Junge solle die nächsten drei, vier Monate noch nicht abreisen. »Versteht, Frau: Es liegt alles im ungewissen. Euer Bruder meint selbst auch, er müsse einen neuen Platz suchen; der alte scheine ihm ausgebeutet, und da wäre ihm der junge Mann für die nächste Zeit eher ein Hindernis als eine Hilfe.«

Mutter und Sohn schwiegen, errieten aber eins des andern Gedanken. »Lügt er?« dachte die Müllerin. Adolf aber geradhin: »Das lügt er.« »Wenn jetzt der Bub nur nicht übereilt schwatzt!« war die Sorge der Mutter; der aber schien eher nachdenklich. Allerlei kreuzte in seinem Kopfe: Dinge, darauf sie im Augenblick nicht verfallen wäre. Sie ließen nun beide den Fremden reden; aber wo sie sich einen Strom Neues und Unterhaltendes erwartet hatten, kam kaum ein dürftig Wässerlein zutag, und was er so stockend und behutsam vorbrachte, glich mehr der Beichte eines reuigen Sünders, als daß die Zuhörer daraus hätten Hoffnung und Mut gewinnen mögen. Nur wenn er auf die

17

unsicheren kalifornischen Verhältnisse zu sprechen kam, sprudelte es wie ein Wildwasser aus ihm, und Gesindel und Abschaum, Enttäuschte und Erfolglose trieben mit Mördern und Dieben im selben Strom dahin.

Die Müllerin wurde ungeduldig und seiner Berichte allmählich überdrüssig; sie widersprachen zu sehr denen Donats. Auch Adolf hörte dem Mann lässiger zu, und als dieser einmal innehielt und nach dem Kirschwasser griff, fragte er ihn recht aus dem blauen Himmel herab, wie lange seine Reise von Kalifornien her gedauert habe.

Der Fremde blickte überrascht; gleichwohl zog er dann ein in rote Seide gebundenes, aber schmutziges vernutztes Büchlein und blätterte darin. Acht Wochen sei er jetzt unterwegs, sagte er; zwei davon in Deutschland. Am Montag, dem 23. April, sei er von der Grube des Onkels weggereist. Und auch hier wieder, als sage er Adolf was Besonderes, fügte er wichtig hinzu: »Ja, junger Mann, die Reise ist lang und voll Gefahren und Strapazen, und ich möchte jedem davon abraten; denn mit gutem Gewissen zureden kann man niemand.« Er schwieg einen Augenblick, dann fügte er hinzu: »Ich überlege mir die Rückreise auch ernstlich; nach Kalifornien jedenfalls gehe ich nicht mehr.«

Jetzt beschloß die Müllerin, den Mann durch die Lappen zu treiben. »So hättet Ihr denn«, fragte sie ihn listig, »drüben keinen Goldplatz mehr?«

Nach einem verlegenen Augenblick versetzte der Fremde mit spöttischem Lächeln: »Sonst wäre ich doch nicht nach Deutschland zurück!«

Doch die Müllerin stand fest. »Aber hättet Ihr Euch denn nicht mögen mit meinem Bruder zusammentun?« meinte sie. »Oh«, sagte der andere anfangs vorsichtig, »Euer Bruder hat wohl mit mir verhandelt.« Dann keck: »Ich konnte mich aber nicht entschließen zuzusagen; er erwartet sich ja nichts mehr von seinem Platz.«

Frau Line schüttelte den Kopf. »Nein!« sagte sie; »dann finde ich's aber unverantwortlich von ihm, meinen Buben hinüberzulocken!«

»Oder von dem jungen Menschen waghalsig, auszuwandern!« trumpfte der Fremde und erhob sich. Auch die Müllerin stand auf, ordentlich erlöst. Trotzdem fragte sie: »Wollt Ihr schon weiter, Herr, und habt mir als Gast gar keine Ehre angetan?«

Der Fremde nahm den Hut. »Ich muß die Post zum Rhein hinab erreichen und hinüber nach Baden in der Schweiz«, gab er vor. Dabei klopfte er sich auf die rechte Hüfte: »Das Reißen in den Beinen, gute Frau; auch so ein Gewinn aus der Goldgrube.«

So erreichten sie die Tür. Als dort die Müllerin Grüße an den Vetter Goldgräber auftrug und dem Mann für den Besuch dankte, lächelte der und reichte ihr schweigend die Hand; darauf auch dem Sohn. Dieser schüttelte sie kräftig, und es klang sieghaft, wie er gute Reise wünschte und anschloß: »Auf Wiedersehen beim Vetter Donat!«

Mutter und Sohn blickten schweigend aus der Stube dem Wegschreitenden nach, wie er im Wald links den Weg hinanging, den er gekommen war. Als er in den

Tannen verschwand, schüttelte die Mutter gegen Adolf den Kopf: »Nein, kein Wunder, daß ihn Donat nicht auf der Grube will«, sagte sie und schwieg einen Augenblick. »Du, freilich – daß du hinübermöchtest, was solltest du anders, wenn kein Fortkommen mehr im Lande ist? Der Vater ließe dich sonst nicht weg, und zu allerletzt ich.« Sie seufzte; ihre Worte galten dem Lieblingssohn.

Der indes verstand sie anders. »Nehmt nur Ihr mir nicht auch noch den Mut!« sagte er unter würgendem, halbem Weinen.

»Red nicht, als ob!« verwies ihm's die Mutter. »Ich muß dich ja ziehen lassen; wer weiß auch, wohin es gar deine Geschwister noch verschlägt. Ich kann mich euch aber nicht als Dienstboten herumgeschupft denken und heiße es ein Glück und Gottes Wink, daß dich Donat aufnimmt. Ängstigt mich bloß, daß dein Vetter Dorus nicht ja noch nein dazu sagt, und hat doch drüben Donat sein ganzes Sach überantwortet.«

»Der Vetter heißt jeden nach eignem Dünken tun«, versetzte Adolf.

»Wohl, du bist aber nicht der Vetter Dory; da langst du nicht hin. Und da kommt nun der Fremde noch und macht dir den Brei sauer.«

Mit jungenhaftem Eifer tröstete Adolf sie. Von des Fremden Berichten wisse wohl Donat gar nichts; auch nicht von dem Besuch; sonst hätte er doch nicht weitere Nachrichten versprochen, sagte er. »Und die sind vielleicht schon auf dem Weg.«

Indem er so den Anwalt in eigner Sache spielte und der Mutter die Sorgen erleichterte, die ihm selber nahegingen, verhehlte er ihr aber eins: daß sein Traum mit dem Tag zusammenfiel, wo der Fremde drüben weggereist war. Was dagegen im Grunde gleich schwer wog, gab er andringlich preis:

»Aber Mutter«, sagte er, »das war doch der Mann aus meinem Traum.«

Die Mutter lächelte gütig. »Ja, aus unserm Dreihudelpack droben: des Italieners roter Gurt und des Schmied-Kobels Spitzbart und der Schlapphut vom versoffnen Zimmermann! Du träumst aus dem Dorf, Bub, nit aus Amerika!«

Gedanken, Einfälle oder Erkenntnisse können den Menschen unversehens anfallen und gleichsam zu ihrem Opfer machen; wenn sie ihm dann aber im ersten Augenblick überkühn vorkommen, dann oft schon im nächsten als selbstverständlich und unumstößlich. So geschah es eines Tages Adolf. Es faßte ihn indes sogleich der bange Zweifel, ob er seinen Gedanken der Mutter ohne Zögern mitteilen oder eine schickliche Gelegenheit dafür abwarten solle. Diese bot ihm ein günstiger Zufall über unlang.

Es war nur eine Woche seit dem Besuch des Fremden vergangen, da kam ein Brief aus Kalifornien, und diesmal nicht an die Eltern, sondern an Adolf selbst. Der Bote hatte ihm das Schreiben unterwegs übergeben, und freudig überrascht trug es der junge Bursche ungeöffnet den Weg zur Mühle hinab. Dabei winkte er, als ob man dort besonders seiner harre, lebhaft mit dem Brief, noch ehe er aus den Tannen recht in Sicht des Hauses gekommen war.

Heißen Gesichts und mit glänzenden Augen trat er zur Mutter in die Stube, den Brief in der erhobenen Rechten. »Der Vetter schreibt mir!« sagte er und setzte sich hörbar atmend an den Tisch. »Jetzt hören wir gewiß auch etwas über den Fremden«, fuhr er fort; dann schwieg er, unschlüssig, ob er vorbrächte, was ihn seit Tagen beschäftigte.

»So lies ihn halt!« drängte die Mutter neugierig.

Adolf rückte heraus. »Nein, erst muß ich Euch etwas sagen, Mutter«, versetzte er, noch zögernd. »Es plagt mich schon länger; doch hättet Ihr mich damit nur wieder heimgeschickt.«

»Ei, wird am Ende nötig sein!« meinte die Mutter trocken.

»Bist mir aber wenig gewunderig auf den Bericht und hast doch so darnach belangt!«

»Nicht drum!« erwiderte Adolf. »Hört aber: Unser Besuch will vor acht Wochen, sagt er, von Donat weggegangen sein; an einem Montag. Selbigen Tag hat mir's aber von ihm geträumt.«

»Ein Zufall; geh mir, Bub!«

»Euch ist's wieder ein Zufall, Mutter!« sagte Adolf, »hört aber weiter: Der Mann, sag ich Euch – hätte uns sollen einen Brief bringen und hat's nicht getan!«

Die Müllerin blitzte den Sohn an: »Gescheiter, du läsest jetzt den Brief«, sagte sie unwillig, »statt mir Nebel vorzumachen.«

Adolf trotzte: »Ja, wenn Ihr nicht hören wollt...!«

»Hinterher ist gut vorhersagen!« beisetzte die Mutter ablehnend; die Meinungen des Sohnes wurden ihr unbequem. Adolf aber stand fest.

»Darum doch gerad hab' ich den Mann gefragt; gedenkt's Euch denn nimmer?«

Die Mutter wich aus. »Lies jetzt den Brief.«

Adolf brach die paar Siegel auf, entfaltete den Bogen und las schweigend unter den Blicken der Mutter. Die sah zuweilen sein Gesicht aufleuchten, dann wieder ernster werden oder staunen, einmal nickte er zustimmend; schließlich schob er ihr das Blatt über den Tisch hinweg zu.

»Ich hab's Euch gesagt«, fügte er bei, »der Vetter fragt, ob der Fremde bei uns eingekehrt sei mit dem Brief. Den Besuch habe er zwar nicht versprochen, dafür aber, das Schreiben in Deutschland zur Post zu geben.«

Die Mutter staunte und erhob sich: »Zeig, wie? Das schreibt er?« sagte sie, nahm die Brille vom Fenstersims und setzte sie auf. Ohne eine Bewegung zu zeigen, prüfte sie das Schreiben, legte es dann auf den Tisch und fuhr einigemal mit der kräftigen Hand darüber, als müsse sie es glattstreichen oder wegwischen.

»So ginge denn alles mit dem Satan zu?« sagte sie kopfschüttelnd und setzte sich mit einem Seufzer. »Wo künd't ein Wörtlein, er wolle die Grube aufgeben! Ist denn in der Welt nicht Treu und Glauben mehr?«

»Bei Donat wohl«, tröstete sie Adolf.

»Den Spitzbuben hätte er uns aber nicht schicken dürfen. Wer weiß, was der ihm vorgegaukelt hat, arglos, wie Donat ist. Uns den Platz schlecht machen, daß du nicht hinübergehst! Aber vielleicht ist es gut so; will's der Herrgott, find't sich dir in der Heimat noch ein Auskommen«, setzte sie tonlos hinzu.

Der Sohn aber wehrte: »Nein, Mutter, ich gehe hinüber. Wir müssen dem Vetter gleich schreiben. Willst du's tun, oder tut's der Vater?« fragte er eifrig.

»Tu du's! Ist am Ende deine Sache und der Brief ja an dich. Aber hilf jetzt dem Vater, es ist Vehsen zu putzen.«

Sie sagte es etwas ungnädig und erhob sich, um hinauszugehen.

Der Brief des Goldgräbers war zum Johannistag eingetroffen, und Adolf beantwortete ihn am folgenden Morgen. Bis der Vetter ihn erhielt und seinen Bescheid gab, war die Ernte beendet, und Adolf entbehrlich. Damit galt diese Frage für abgetan, und nur der Sohn sann zuweilen dem Schreiben noch nach, etwa, wie weit es wohl schon gelangt sein mochte: nach Neujork, nach Panama, nach Acapulco. Diese Orte waren ihm geläufig; der vor Jahren zurückgekehrte Vetter Dorus hatte sie ihm bei seinen Erzählungen einigemal auf der Landkarte gewiesen.

Die Dinge in der Mühle gingen ihren einförmigen Gang; die Kinder taten ihre Arbeit, wie die Eltern sie anhielten, und diese waren zufrieden, daß es zunächst nicht fühlbar schlimmer wurde; die Rettung mußte Donat bringen; vielmehr mit seiner Hilfe Adolf.

Nach Verlauf wieder einer Reihe von Wochen erwachte Adolf eines Nachts vor der Dämmerung. Sein erster Gedanke galt seinem Brief. Er fand, der verflossenen Zeit nach müßte dieser jetzt in der Hand des Vetters sein oder gar dessen Bescheid seit Tagen schon unterwegs. Es war gegen Mitte August an einem Sonntag.

Die Nacht war still. Adolf sah die dunklen Tannen in den gestirnten Himmel stechen, feierlich und unbewegt, als Wache des einsamen Tals, und zu vernehmen war durch das offene Fenster nur das ruhige Rauschen oder eher das Murmeln der Metma, die unter der Mühle und dem nahen Sägewerk um die Steinblöcke sprudelte; es war die immer gleichmäßige freundliche Weise, und dies eintönige Murmeln mochte es sein, was den erwachten jungen Menschen wieder in den Schlaf sang.

Seines Bedünkens nach Stunden ruhigen Schlummers kamen ihm mit dem halben Erwachen Träume, lebhaft genug, daß er sich über eigenem Flüstern, ja wahrnehmbarem Sprechen zu ertappen glaubte: Es ging um ein verworrenes und immer wechselndes Alltagsgeschehen; dann wurden die Vorgänge geordneter und verliefen ihm in vertrauterer Umgebung unter Bekannten. Miteins aber veränderte sich der Schauplatz völlig, schien dabei indes dem Träumenden so bekannt, daß er sich erstaunt sagte: Da bist du doch schon gewesen! Er sah sich wieder an einem starken Bach und sah auf den Wellen Papierschnitzel einherschwimmen; die wurden aber weinende Kindergesichter und glitten klagend vorbei. Das Bild wechselte wieder: Der Bach war zu einem geringen Rinnsal verschrumpft und drüben lief auf eine offene Hütte ein fremdgekleideter bezopfter Mensch zu. Der hatte an der Tür plötzlich ein Beil in der Rechten; in der Hütte aber saß hergekehrten Rückens ein seltsam bekannter Mann und schrieb. Neben der offenen Tür erschien jetzt mit großem Hut und rotem Tuchgürtel ein Mann und stand lauernd, während der Bezopfte sich auf den Zehen dem Schreibenden näherte, das Beil erhob und es dem Mann in den Kopf hieb. Darob fiel die Hütte wie ein Kartenhaus zusammen, die Männer waren weg, über den leeren Platz schien die Sonne und blendete unerträglich. Da erwachte der Träumende schweißgebadet und mit klopfendem Herzen in der sonnenhellen Kammer, aber wie erlöst, des gräßlichen Bildes ledig zu sein.

Adolf sprang unverweilt auf die Füße, als könne er dem Geschauten entfliehen; aber er zitterte, wankte und setzte sich wieder aufs Bett. Er fühlte: Nichts Geringeres hatte er mitangesehen als einen furchtbaren Mord, und was entsetzlicher war: Er glaubte den Erschlagenen in Erinnerung zu haben. Er hatte als kleiner Knabe ihn einigemal in der Mühle gesehen, nun aber seit einem Dutzend Jahren nimmer: den Vetter Donat. Wie kamen aber die zwei andern in das blutige Bild? Das mußte doch das verworrene Gewebe sein, wie es nur Träume wirken. Und nach Menschenart, die sich die Dinge gern zur eigenen Beruhigung deutet, tat nun auch der arme Müllerssohn: Er versuchte das Bild zu scheuchen oder auszulöschen, und nicht für ihn selber nur, erst recht für das ganze Haus. Dabei bedachte er aber nicht, was er tat, indem er gleichwohl zum Kalender ging, darin nach Monat und Tag blätterte und schließlich neben dem Sonntag, den 13. August, mit zitternder Hand die Worte vermerkte »Traum vom Totschlag«.

In steter Gedrücktheit, wobei er sich indes eine unbefangene, heitere Maske aufzwang, glückte es Adolf eine Zeitlang, sein Geheimnis zu wahren; auch erhoffte er sich vom leichten Sinn der Jugend ein völliges Vergessen. Da hatte eines Tages die Mutter etwas im Kalender nachzusehen und traf dabei auf die Worte des Sohnes. Sie staunte und erschrak dann heftig, denn sie konnte sich keinen Reim darauf machen. Als Adolf von der Erntearbeit heimkam, rief sie ihn in die Stube und wies ihm den Vermerk. Da sah dieser erst, was er angestellt hatte; er verfärbte sich, wurde rot und schwieg erschrocken.

»Was sind das für Geheimnisse, Bub?« fragte die Mutter streng. »Ich mag es ja freilich nicht«, fuhr sie fort, »daß du mir alle deine Träume auf den Hals bindest; aber mit dem da – : Was willst du damit?«

Adolf stockte. Er hätte am liebsten geschwiegen. Dann kam es wie eine Ausrede aus ihm, aber bei alledem vorwürfig; er verstand nicht, daß die Mutter auf einmal so neugierig war. »Ihr hättet mich doch nur damit abgefertigt«, sagte er. »Und dann... habe ich Euch auch nicht erschrecken wollen.«

»Ei, und das erschreckt mich nicht?« tadelte die Mutter. »Erst lädst du ungefragt alles bei mir ab, und dann mit einmal spielst du Verstecken? Was heißt aber da Totschlag?«

Der Sohn stand wie ein Schuldiger unter ihrem Blick. Endlich zögerte er heraus: »Es ist ja nur ein Traum. Und wenn ich's Euch sagte, hörtet Ihr's unlieb.«

»Und dein Schweigen lieber?«

Da trotzte der Sohn. »Hört's halt!« sagte er, »Ihr wollt's ja.«

Und er erzählte ihr stockend den Traum; und jetzt war die Reihe zu schweigen an der Mutter.

Damit aber, daß sie dem Sohn kein Wort des Bescheids auf seinen Bericht gegeben hatte, ging das Geheimnis nun zwiefach im Haus um, und die Bedrückung lastete doppelt. Dem Jungen wäre eine Aussprache erwünschter gewesen; sie hätte ihn wie eine Beichte erleichtert; so aber ging eins neben dem andern als der leibhafte Vorwurf dahin; und es war ein karger Trost, daß sie miteinander Mitleid fühlten.

Obdem vergingen Wochen, da kam unverhofft aus Kalifornien wieder ein Schreiben; und nicht nur dieses, nein, daneben eine bedeutende Geldsendung. Dem Brief beigelegt war ein fertiger Schein: den sollten die Eltern Adolfs unterschrieben dem Vetter zurücksenden als Darlehensurkunde oder als Bürgschaft.

Das Gesicht der Müllerin leuchtete auf beim Empfang der Sendung und nicht minder Adolfs. »Er lebt also!« dachten beide einmütig, schwiegen aber voreinander, wie vor den Angehörigen. Diese scharten sich jetzt um die Mutter und starrten neben ihr, die vorlas, freudig gespannt in den Brief. Darüber achteten sie nicht, daß Adolfs Miene sich plötzlich verschattete; der hatte das Datum des Briefs zufällig gelesen: Sonntag, den 6. August. Er gedachte seines Traums, erblaßte, löste sich aus der Gruppe und saß in schwerem Nachsinnen am Tisch.

Die Mutter hatte zu Ende gelesen; sie ließ die Hand mit dem Brief sinken und seufzte erleichtert: »Gott sei Dank, es ist alles gut!« sagte sie; »und weil das Geld einmal da ist, Vater, unterschreib halt!«

Während der Müller mit dem Schein beiseitetrat

und ihn gründlich überprüfte, lasen die Kinder für sich noch in dem Brief herum; nur Adolf saß wortlos in Gedanken.

»Der muß jetzt an seine Goldgrube denken«, sagte anspielend die siebzehnjährige Friederike zum jüngeren Bruder und lachte. Adolf aber überhörte es.

Brief und Reisegeld waren um die Mitte Septembers angekommen, der Empfang sogleich Donat gemeldet worden und der Schuldschein abgesandt. Die Vorbereitungen zur Reise sollten beginnen, doch geschahen sie lässig, und am lässigsten von Adolf, so daß sein Vater, der sonst in dieser Frage am gleichgültigsten gewesen war, ihm eines Tages vorwarf, er scheine mit dem Empfang des Geldes alles als abgetan zu betrachten. Da wurde denn das Nötigste, nämlich aus dem nahen Städtchen der neue lederne Reisekoffer, in die Mühle gebracht; eben aber, da er im Flur abgestellt worden, erschien neben dem weggehenden Boten in der Haustür ein großer, rotbärtiger Mann, ein seltener Gast in der abgelegenen Mühle, wie Frau Line dachte; es war der Vetter Jakob, ihr Bruder. »So, gilt es ernst?« sagte der mit einem Blick auf den Koffer. »Da ist es gut, Adolf, daß man dich noch im Gäu trifft: Der Vetter Dory will zu Besuch kommen.«

»Ei, viel Ehre!« meinte die Müllerin mit leisem Spott.

»Nun, es wird Zeit«, versetzte Jakob trocken, »daß der Landfahrer sich wieder einmal zeigt, so nach Jahrer drei, vier, daß er weg ist. Und die Kinder zeigt er auch nie; rarer könnte er sich nicht machen, wenn er noch im Goldland wäre.«

Die Miene der Müllerin leuchtete auf. »Wäre gut, er käme; und bald! Wir haben uns schon überlegt, ob wir ihm Adolf nicht noch hinschicken sollten. Aber geh«, sagte sie zu diesem, »trag den Koffer in die Kammer hinauf, da im Flur ist er im Weg.«

Sie ging mit dem Bruder in die Stube, setzte ihm den Willkomm vor und nahm am Tisch Platz. »Ja«, fuhr sie fort, »guter Rat täte Adolf not, und es leichterte mir, wenn ihn Dorus ein wenig unterweisen wollte; mehr noch: es dünkt mir, er müsse ihm überhaupt Mut machen; denn so weich und schlapp wie der Bub seit Wochen ist: Milch kannst du mit ihm seigen!«

Jakob lachte gemütlich. »Pah! Er nimmt Vorschuß aufs Heimweh«, sagte er, »ginge es denn unsereinem besser?«

»Dory war nicht so und ist doch selbesmal unter böseren Zeichen weggereist!« meinte die Mutter.

»Nur hat er dann drüben in der Prärie, sagt er, mit den Kameraden wie die Hunde zusammen geheult«, versetzte Jakob trocken.

Beide schwiegen einige Augenblicke; dann fragte die Müllerin: »Und wann will er kommen?«

»Beiläufig auf Monatsschluß.«

»Iß doch und trink!« nötigte Frau Line und schob dem Bruder Most und Rauchfleisch näher. Aber Jakob nahm nur ein Stückchen Schwarzbrot und einen Schluck Kirschwasser. Er horchte schweigend auf die Worte der Schwester, die Dory betrafen; die Gelegenheit, Jakobs Einkehr zu nützen, die sie insgeheim bei seinem Kommen begrüßt hatte, getraute sie sich nicht, so sehr sie neben dem Gespräch her an die mißlichen Verhältnisse der Lochmühle dachte und sie dem Bruder gern einmal zur Aussprache vorgesetzt hätte. Drum kam ihr's schließlich ungelegen, als sie von der Treppe herab Schritte vernahm.

»Adolf kommt!« sagte sie. »Mach ihm's nicht noch schwerer. Dorus mag ihn dann aufrütteln. Bis der kommt, muß er mir noch dableiben. Aber du«, fragte sie, da Jakob sich erhob, »wohin hast du Eile?«

»Auf Berau hinüber.«

»Und Martin? Hast du ihm nichts zu vermelden? Er ist hinter dem Haus, Mühlsteine spitzen.«

»Auf dem Rückweg vielleicht! Behüt' Gott!« sagte Jakob kurz, gab der Schwester und dem eintretenden Adolf die Hand und war hinaus.

Wie streng die Müllerin sonst waltete, die schon von Haus aus hart und fest war, so lag ihr der bevorstehende Weggang des Sohnes doch schwer auf, und um so lastender, seit sie seine veränderte Haltung sah. Sie würde alles dafür gegeben haben, sein Schicksal wenden zu können; indes fand sie die Wege, die sie ausspähte, mit jedem Tag mehr versperrt. Selbst nur mit Mühe hatte sie ihren Mann einigermaßen mit dem Gedanken vertrauter machen können, die Hilfe des Schwagers Jakob zu erbitten. Diesen wollte sie heute auf seinem Rückweg mit Martin zusammenbringen.

Sie stand in der Stube am Fenster und putzte mit einem Wildleder, obschon sie ganz rein waren, gewohnheitsmäßig die Scheiben nach. Dann hielt sie inne und blickte, als geschähe es heute zum ersten Mal, nachdenklich auf die baufällige Hütte des Sägewerks hinüber. Dieses zerfiel von Jahr zu Jahr erbärmlicher und erschien ihr nie so sehr wie heute als ein Bild des eigenen Loses. Ganze Bretter fehlten an der Stirnwand oder hingen hilfeheischend am letzten zerfressenen Nagel. Durch die eine Lücke grinste das verrostete Sägegatter; durch die andere sah man den verlotterten Zufuhrwagen, an dessen Hinterachse ein Rad fehlte. Das durchgefaulte moosige Bretterdach gab Sonne und Regen Zutritt und förderte den Verfall. Aber das Werk niederzureißen lohnte so wenig wie seine Erhaltung; denn die Kundschaft fehlte, und man mußte eigentlich dem Metma-Bach zu Dank rechnen, daß er Stück um Stück der Hütte wegschwemmte und armen Ufersiedlern als dürftiges Herdholz zutrug.

In dieser Betrachtung, die ihr nur die eigene Bedrängnis deutlicher zeigte, durchfuhr sie ein Gedanke und lichtete ihr wie ein Blitz in der Nacht das Dunkel ihres Inneren auf. Da schien ihr, was noch vor Augenblicken ihrem rechtlichen Sinn als verwerfliches Unterfangen gegolten hätte, eine rettende Hilfe, und willig wie ein Kind an fremden Früchten, erlabte sie sich an dem Plan, weil er ihr auf dem einfachsten und ihres Dünkens auch erlaubten Weg Rettung wies. Hatten sie nicht Adolfs Reisegeld im Haus, dem Vetter aber dafür einen gültigen Schuldschein gegeben: ihrem eigenen, wohlgesinnten Bruder? Hieße der's nicht gut, wenn sie über die Summe verfügten und als sorgende Eltern den unmündigen Sohn von der gefährlichen Auswanderung abhielten? Und konnte er ihnen verargen, daß sie mit dem Betrag den drückendsten Verpflichtungen wehrten, z.B. von der Mühle das Unterpfand ablösten?

War damit zwar nicht alle Gefahr beschworen, so doch das Vertrauen der Gläubiger gestützt, und dann mochte man auch leichter die Mühle weggeben oder gegen ein besseres Unternehmen eintauschen können, und etwa hülfe dabei auch noch Jakob nach? Oder lieber vielleicht Dorus? Denn sein bevorstehender Besuch – wer weiß, ob der nicht eine vom Herrgott gesandte Gelegenheit hieß? »Ja, die ergreifst du« – sagte sie halblaut vor sich hin; »die nützest du: Es geschieht nichts in der Welt von ungefähr!«

Sie wandte sich vom Fenster weg und war überrascht, Adolf eintreten zu sehen. Er blätterte in einem alten Kalender. Jetzt blickte er auf; aber seine Frage, so schüchtern sie klang, reizte zu seiner Verwunderung die Mutter.

»Wann will der Vetter Dorus kommen?«

»Gleichviel wann!« versetzte sie abweisend. »Jedenfalls wartest du ihn ab. Tätest gar am Ende gut, ihn um Eile zu bitten. Möchte sein, es ließe sich machen, daß du im Land bleibst.«

Adolf fand keine Erwiderung. Ihm war alles so ungewiß und dunkel und vollends, was die Mutter mit ihrer Schärfe wollte, ein Rätsel. Die nahm wieder das Wort: »Dünkt mir überhaupt, dein Vorhaben sei dir leid?«

»Aber Mutter, ich muß ja hinüber!« trotzte Adolf. »Vielleicht glaubt der Vetter, ich sei schon auf dem Weg; warum hätte er sonst mit dem Geld so geeilt?«

Wieder verwies ihm's die Mutter. »So oder so, überhudelt wird nichts. Dorus muß noch sein Wort dazu sagen!«

33

Es klang schroff, was sie sprach. Etwas ruhiger sagte sie dann: »Und jetzt spann ein und bring das Mehl auf den Muggwieser Hof; sie werden darnach belangen.«

Damit verließ sie die Stube; sie wollte ihren Plan mit dem Mann besprechen.

Sonst war Frau Line kurzen Wortes; heute aber hatte sie eifrig geredet; wie ein Märzbächlein lief's.

»Ei«, unterbrach der Müller sie bei einem Ausschnaufen, »hast heut eine scharfe Zunge, Line: gedängelt und gewetzt und noch überm Handballen abgezogen, he?« Und er lachte gutmütig.

Aber sein Weib wollte keine Späße. »Red endlich: Was meinst du? Jakob kann jeden Augenblick kommen!«

Der Müller legte Meißel und Holzschlägel neben sich auf den Mühlstein. »Das ist so schnell nicht abgetan, Line«, kam es zögernd aus ihm. »Der Vetter rechnet sicherlich auf den Buben. Wird einen verlässigen Menschen um sich haben wollen unter dem Hudelpack und Abschaum drüben. Er kriegt zwar ehrlich seinen Schuldschein, und so müßten wir freilich über das Geld verfügen können, weil doch in dem Papier nichts Bestimmtes abgemacht ist. Und im schlimmsten Falle müßte ihm Adolf drüben das Guthaben – «

»Abverdienen können? Ja, wenn wir's ihm an die Reise wenden«, ergänzte die Müllerin. »Drum meine ich, er solle bei uns bleiben; das können wir wohl Donat verständlich machen. Des Buben ganzer Mut ist ja weg, und so ins Blaue hinein darf er mir – «

Sie brach jäh ab. Adolfs Traum war ihr eingefallen,

und plötzliche abergläubische Furcht, die ihr sonst fremd war, warnte sie: »Beruf es nicht!« sagte sie sich insgeheim. Nach kurzem Schweigen aber schloß sie zuversichtlicher: »So bliebe das Geld zunächst uns.«

»Wohl«, meinte darauf Martin und schaute vom Mühlstein zu der hohen Gestalt seiner Frau auf. »Nur stopfen wir da ein Loch und reißen ein neues auf, wenn wir wieder Geld auf die Mühle nehmen. Freilich, des Holzhändlers müßte ich mich ledig machen«, fügte er langsam hinzu.

»Warum nimmst auch Geld von ihm – selbesmal?« warf die Frau ihm vor. »Dorus hätte dir's auch gegeben; gewiß doch er und Jakob selbander.«

Martin nahm Meißel und Schlägel wieder auf. »Sind aber Verwandte«, meinte er, »und Erbärmlicheres als Verwandte gäbe es nicht, sagt Dorus selber.«

»Gilt für ihn aber nicht. Kündige drum dem Holzhändler und zahl mit Donats Geld.«

Der Müller tat ein paar Meißelhiebe. »Wäre Herrenart und kein Gewissen dabei, Line. Und wenn dann der Bub ins Goldland wollte?« fragte er aufschauend.

»Er hat den Mut nimmer, jetzt wo es Ernst gilt, sag ich dir!« Die Müllerin scheute diese Lüge nicht; sie sann nur noch auf das rettende Geld und uneingestanden auf das Schicksal des Sohnes; und so bestürmte sie den Mann weiter: »Denk an Riedersteg und säum' nicht wieder; dort wären wir heut Herren im Gäu; jetzt aber nimmt er uns noch den letzten Kunden weg.«

»Sag auch, daß drum der Riedersteger im Goldland war. Wer weiß, ob uns nicht Adolf dort – «

»Ja, derweil uns der Holzhändler den Hals zudreht!«

fuhr die Müllerin drein und wandte sich zum Gehen. »So frag ich halt Jakob.«

»Ja, und meinethalb den Dorus, weil er doch kommen will«, versetzte Martin ruhig und schärfte einförmigen Taktes den Mühlstein weiter.

Jakob hatte auf dem Heimweg die Mühle gemieden; so suchte ihn anderntags die Müllerin auf. War ihr aber bei Martin die Rede wie ein Lenzwasser geflossen, so nicht beim Bruder. »Er sitzt wie ein Ölgötz«, dachte sie, als sie bei ihm mitten in die Sache zu kommen suchte, dabei aber immer um den heißen Brei ging. Der Bruder erriet ihre Absicht, hatte aber kein Ohr für Klagen über gefährdete Unternehmungen, wie die des Schwagers; auch sprach sich Frau Line nicht so klar aus, daß er ihr mit ja oder nein hätte antworten müssen. Auch über die Auswanderung Adolfs war ein stummes Achselzucken seine ganze Meinung, und er wies die Schwester auf den Besuch Dorys hin; der sei in Amerikanerfragen in der Familie allein zuständig. »Er hat leicht machen«, seufzte die Müllerin, als sie von Jakob weg war. Wer einem nicht helfen will, stellt sich taub. Sonst aber trifft er's gut, und ich sehe es auch: »Soll was Rechtes werden, muß es allemal Dorus tun.«

Daß sie das von Donat entliehene Geld, das doch Adolfs war, so bedenkenlos in ihre Rechnung setzte, plagte sie zwar zuweilen, aber sie hütete sich, dem Sohn noch in irgendeiner Weise Mut zu seinem Vornehmen zu machen, und war beruhigt, daß dieser selbst darüber schwieg. Um so beschwerter ging der arme Bursche umher; er fühlte, daß auch vom Vetter Dorus keine Änderung seines Schicksals mehr kommen werde; mehr freilich, ja bald einzig, beunruhigte ihn die dunkle Ahnung einer nahen Entscheidung.

Eine ebensolche, aber zu eigenen Gunsten erhoffte sich in gleicher Unruhe die Müllerin, und nicht umsonst war sie noch zwei Mal im Dorf umherfragen gegangen, ob Dorus seine Ankunft gemeldet habe. Es waren indes Metzgergänge gewesen, und sie schloß überall ihren Besuch mit den Worten: »Das sähe dem Dorus ganz ähnlich, wenn er wieder ohne Anmeldung käme: genau so unverhofft, wie vor Jahren aus Kalifornien.« Diesen entsagenden Seufzer brachte sie dann Wort für Wort auch bei ihrem Mann an; aber der lächelte nur. »Was sie nicht alles besinnt!« sagte er, »will mir aber dünken, sie höre sich selber gern reden.«

Dorus machte die Befürchtung seiner Schwester wahr: Er kam überraschend ins Dorf mit Frau und Kindern, und man mußte sich dort mit solcher Übung abfinden.

Einige Tage nach ihrer letzten Umfrage wegen Dorus hatte die Müllerin ihren Auswanderer – es war zu Beginn des Oktober – mit einem Auftrag zu ihrem Bruder Josef geschickt. Als dieser ihn dabei auch nach dem Tag seiner Abreise fragte, zuckte Adolf die Schultern und schaute verlegen an dem Fragenden vorbei und über den mit bunten Astern gefüllten Garten hinweg auf die nahe Dorfstraße. Der Anblick der satten, vollen Totenblumen, die den Herbst einführten, stimmte den jungen Burschen noch ernster, und würgenden Tones antwortete er schließlich: »Ich weiß es nicht«, und schwieg wieder. Aber plötzlich kam auf sein Gesicht das Leuchten der Überraschung. Er stand von der Bank am Fenster auf. »Der Vetter Dory«, sagte er nur, griff nach seiner Mütze, und ehe Onkel oder Base eine Frage bereit hatten, war er draußen und lief auf drei Menschen zu.

Diese bogen eben auf den Weg zum Haus ein; es war Josefs Bruder Dorus mit einem vierjährigen blonden Mädchen und einem ebensolchen zweijährigen Knaben. Adolf gab ihnen nacheinander die Hand und kam selbviert wieder auf das Haus zu.

Adolf hätte längst in die Mühle zurück sollen; stattdessen saß er stundenlang mit den Verwandten beisammen, vornehmlich auf Drängen des angekommenen Onkels, indes auch voll Erwartung, daß über Donat, Kalifornien und die Auswanderung gesprochen würde; als aber die Unterhaltung nur über alles erdenkliche andere ging, nahm er schließlich an, sein Vorhaben werde keiner Behandlung gewürdigt oder sei abgetan. Nun war er aber zu gut erzogen, um ungeduldig die Frage darnach zu wagen; sein Vornehmen sollte denn auch nicht mehr zur Sprache kommen: Es begab sich Wichtigeres.

In der Lochmühle waren sie indessen ob seinem langen Ausbleiben erstaunt, und die Mutter glaubte schließlich den Grund zu erraten, indem sie fragte: »Wäre am Ende der Vetter gekommen, daß der Bub sich nicht zeigt?«

Der kam endlich bei völlig erloschenem Tag in die Mühle. Auf der Mutter Frage durch die kaum geöffnete Tür, wo er so lange bleibe, antwortete er zu ihrem Erstaunen nicht und stieg erst hastig auf seine Kammer. Kurz hernach trat er in die Stube und an den von einem trüben Öllämpchen beleuchteten Tisch, totenblaß. Und indem er zitternd den offenen Kalender vor die Mutter hinlegte, stieg ihm heiß das Wasser in die Augen, daß er kaum den Vermerk mehr sah, den er ihr wies. »Da steht's, Mutter«, würgte er schluchzend heraus, »der Vetter Donat ist am 13. August gestorben; mit dem Beil hat ihn ein Chinese erschlagen. Eben hat's von drüben das Gericht dem Vetter Dorus berichtet.«

Die geheimnisvolle Erfüllung seiner Träume wendete Adolfs Schicksal anders, als es seines eigenen Entschlusses gewesen; aber dem Sinnen und Trachten seiner Mutter war sie freundlicher, wenn diese der ersehnten Bewahrung des Sohns das furchtbare Opfer eines guten Bruders gleichwerten wollte. Der Erbe des Verstorbenen war, weil er diesem einst die Goldgrube überantwortet hatte, sein Bruder, der Vetter Dorus. Der erließ der Schwester und dem Schwager freundlich das Darlehn des Verstorbenen, und damit wurde auch Frau Lines Ausspruch Wahrheit, daß, wo was Rechtes werden sollte, es in allewege Dorus tun müsse.

Die geheimnisvolle Krankheit

Droben in Franken, in Fürth bei Nürnberg, lebte noch vor Jahren ein Mann, der war so reich wie einfältig, nämlich er hatte den Sparren, zu meinen, er müsse immer was Besonderes haben, wenn er vor seinen Nachbarn was gelten solle, sonst kam er sich ohne Wert und Bedeutung vor: Solche Menschen hat einmal unser Herrgott in seinem Tiergarten.

Dieser Fürther wird eines Tages krank, da sinnt er gleich darauf, daß sein Leiden hoffentlich nichts so Alltägliches sei, das Hinz und Kunz und jeder andere Fürther auch haben könne. Also schickt er zu seinem Doktor: was ihm wohl fehle und ob er's herausfinde; es müsse schon was Besonderes sein. Der Arzt horcht an ihm herum, wie der Specht am Baum, und klopft ihn wie ein Schnitzel ab, rückt dann an seiner Brille und schüttelt den Kopf: Es kann dies sein, es kann das sein, denkt er, sagt aber kein Sterbenswörtlein oder nur: »Es ist gut!« und verschreibt dem Kranken – nützt es nichts, so schadet's nicht – einstweilen ein Pülverlein und zehn Mark auf die Rechnung.

Denkt der Fürther: Wär's nicht was Absonderliches, hätte dann der Doktor den Kopf geschüttelt? Wüßt' ich nur, was es ist! Weil aber das Pulver nichts bessert, sagt er seinem Doktor, er solle noch einen andern beiziehen, oder besser: ihrer zwei: Er wolle für sein Geld wissen, was ihm Besonderes fehle. Als die drei an ihm herumhorchen und herumzaubern, hinten und vorn und oben und unten und wo ein Fleckchen Fürtherhaut ist, stecken sie gewichtig die Köpfe zusammen, und der Hausdoktor räuspert sich und meint so mit einem Fragezeichen: »Bilis?« Und Bilis nickt auch der andere, und genau so kommt es vom dritten zurück, wie vom Loreleifels der Böllerschuß. Drauf schreibt ihm wieder jeder ein Tränklein auf oder ein Pulver, und jeden Tag muß der Mann ein anderes einnehmen, reihum, und ob es hilft – der Fürther sagt es nicht, aber geht von Stund an gewichtig bei den Nachbarn herum, und wer ihn fragt, was ihm fehle, er sähe nämlich leider gar nicht gut aus, dem antwortet der Fürther tief aus dem Magen und sagt: »Bilis!« Und das war gewiß was Besonderes, und es hatte es in Fürth keiner sonst; und der Fürther wußte zu seinem Glück nicht, was es war: Es hätte ihn wohl gar erschreckt; so aber war er stolz darauf.

Aber nur ein halbes Jährlein noch, und es war vorbei mit dem Ruhm des Bilismannes: Er starb unter den Messern seines Hausdoktors und eines Professors aus Erlangen an etwas, das ihm diesmal die Zauberer zwar nicht gaben, aber herausnahmen: Das waren Gallensteine, schön groß und rund wie Rehposten. Nämlich Bilis heißt Galle, wer's weiß, und die Dökter, wenn sie dem Kranken was vorzaubern wollen, reden gern lateinisch. Der Fürther aber war ob dem daunenweichen Wort ein halbes Jahr lang stolz und glücklich, und noch sein letzter schwacher Schnaufer hauchte: »Bilis!«

Der geröstete Student

Bisweilen kann der Jauzhannes auch anders, als sie's an ihm gewöhnt sind, als wolle er beweisen, daß der Mensch gut ist, wenn man ihm bloß Gelegenheit dazu gebe. Und als sich so eine einmal bot, hat er im schönen Freiburg gar den Samariter gespielt.

Eines Nachts sieht er vor dem »Goldenen Löwen«, wo er gern noch einen Schoppen nähme, einen Studenten auf der Treppe Gleichgewicht üben und die Füße verwechseln, bis er vorzeitig unten liegt. »Das war unvermeidlich«, sagt der Hannes, hilft dem Studenten auf die Beine und: »Haben der Herr nicht Schaden genommen?« fragt er mitleidig.

Der Student grunzt etwas: keinen Dank, aber eine Einladung, und der Hannes drauf: »Nu, man wird doch fragen dürfen. Und hat der Herr keinen Schaden, so will ich ihn davor bewahren; der Einaug kann wohl den Blinden führen?« Aber der Student will seinen Rausch selber heimbringen. Drauf der Jauz: »Es war gut gemeint, Herr; ein Unglück ist schnell geschehen. Hab' ich nicht eine Brandnarbe da am Hals, weil ich einmal in Eurem Zustand zu eifrig zum Licht gestrebt und mir den Gummikragen verbrannt habe? Geruhsame Nacht, Herr!« Sagt's und steigt in den »Löwen« hinauf, wo ihm die letzten paar Schoppen, wie dem Studenten, auch den Schlangengang lehren.

Als ihn der dann in der Bertoldstraße einmal auf die andere Seite trägt, gewahrt er gegenüber ein Fenster mit mattem Lichtschein. »Den drücken harte Sorgen, daß er den Tag so in die Nacht streckt«, sagt er sich

Jauz Hannes (1931)

und bleibt stehen und rümpft den Windfang. »Da duftet's, wie selbesmal die drei Sauborsten in deiner Havanna!« Wie er jetzt aber Rauch aus dem Fenster kriechen sieht, sagt er: »Da muß Feuer sein«, ist im Handumdrehen nüchtern und läuft auf das Haus zu und zieht die Glocke, als läute er armen Seelen zum Jüngsten Tag. Jetzt geistert Licht durch die Stockwerke, und Nachthauben fragen aus den Fenstern, was los sei und wo es brenne. »Über Euern Hauben; riecht ihr's nicht?« sagt der Hannes; »schließt auf, daß ich helfen kann!« Denn wo Not ist, wird der Hannes wieder Löschmann, wie in gelenkeren Tagen, dieweil er jetzt bloß den Durst löscht, bis ein Brand daraus wird.

Also, flink wie der Marder ist er mit zwei jammernden Seelen oben im Brandraum, schafft dem Qualm an den Fenstern Luft, und die Frauen schreien und krähen: »Ach Gott, der Student; unser Herr Student!« Derweil fährtet der Hannes das Feuer und zieht unterm Bett hervor ein brennendes Kerzenlicht, das zwar sonst auf den Nachttisch gehört, dafür ihm aber dort jetzt ein Gefäß bescheint, wie man es eher unters Bett stellt, und verwundert sich und lacht: »Holla, meine Damen: eine kleine Verwechslung!«

Ja, das war's. Der aber das Licht so gescheit statt des Topfs unters Bett gestellt hat, liegt wie der Zyklop im Schlaf und wird in seinem Rausch nicht inne, daß er sich die Hüfte röstet: Nicht umsonst ist das Zwetschgenwasser auf dem Nachtkästchen frisch angebrochen und schon halb weg.

»Daß die Menschen nur das Trinken nicht lassen!« sagt der Hannes zu den Frauen und hebt den Schläfer aus dem Bett und weckt ihn.

Es ist dem Jauz im wechselnden Leben allerhand vorgekommen, aber nie eine gleiche Überraschung. Sitzt da nicht sein Student, dem er vor einem kleinen Stündlein gute Nacht gewünscht und Feuer und Licht in Obacht empfohlen hat? Ja, alter Rat und junges Blut! Und so hat er zu später Nacht den angerösteten Studenten ins Krankenhaus schaffen müssen, aber zuvor im Bett noch das glosende Roßhaar gelöscht und sich mit dem Zwetschgenwasser den Brandgeruch aus dem Hals gespült.

Der Student soll ihm nachmalen nicht uneben und recht in des Hannes Sinn gedankt haben mit manchem schönen Geldstück (denn er hatte es!) und wenn sie sich im »Löwen« trafen, mit Schoppen auf Schoppen, bis beide einander heimgestützt und zum Abschied sich Feuer und Licht empfohlen haben. Hat doch jetzt jeder seine Brandnarbe und keiner dem andern nichts in seinem Wandel vorzuwerfen seit jener Nacht!

Pfarrer und Bischof

Dem Bischof von Rottenburg in Schwaben hat einmal ein Pfarrer eine Antwort geschrieben: Vielleicht hat sie dem hohen Vorgesetzten im ersten Augenblick nicht sonderlich geschmeckt, aber sie hat dann dem Herrn von Kepler doch Achtung abgezwungen, oder noch mehr, nämlich Gerechtigkeit.

Dieser Pfarrer bekommt aus dem blauen Himmel herab, d. h. aus der bischöflichen Kanzlei, ein gewichtiges Schreiben mit dem wohlgemeinten Rat oder dem freundlichen Wunsch: Sintemalen der hochwürdige Herr Pfarrer nunmehr durch Gottes Gnade fünfundsechzig geworden und wohl allmählich das Alter fühlen werde, das seine leiblichen und geistigen Kräfte naturgemäß mindern und ihn somit seinen seelsorgerischen Pflichten nicht mehr in wünschbarem Maße werde gewachsen scheinen lassen, so empfehle man ihm in Wohlmeinenheit, sich in den redlich verdienten Ruhestand zu begeben und statte ihm den bischöflichen Dank für sein getreues Wirken ab, füge auch aufrichtige Wünsche für einen langen, heiteren Lebensabend bei, indem man ihn der fortdauernden Gnade Gottes empfehle: Ad multos annos! Man wollte nämlich ein wenig beim gewohnten Amtsdeutsch bleiben.

War solches zwar geschickt gesprochen, so hat der schwäbische Pfarrer doch seine eigene Meinung darüber. Er schreibt unverweilt der bischöflichen Kanzlei: Zwar sei er laut Tauf- und Geburtsscheins wohl fünfundsechzig, doch trage er seine Jahre mit Gottes Gnade noch in gesunder Kraft und walte seines Amtes freudig, fühle auch in schuldiger Bescheidenheit vor Gott, daß er den seelsorgerischen Pflichten gerecht werde und hoffen könne, ihnen auf Jahre hinaus gewachsen zu bleiben. Er erlaube sich des weiteren, in schuldigem Gehorsam zwar, aber in guter Überzeugung zu bemerken: Wenn Seine Bischöflichen Gnaden im gesegneten Alter von achtundsechzig Jahren die Kraft fühle, den weiten schwäbischen Sprengel noch vorbildlich zu verwalten, so werde es dem Fünfundsechziger gegeben sein, eine kleine Pfarrgemeinde wie bis anhin zur Zufriedenheit seiner Vorgesetzten zu leiten. So bitte er denn nicht um seinen Abschied, sondern verbleibe mit Gottes Hilfe im Amt und empfehle sich der hohen Behörde ergeben und gehorsam.

Ein Merk's

Ein Geschäftsmann will Geschäfte machen: Das sagt schon das Wort; aber mancher tut des Guten zuviel, und das schlägt nicht an oder es trägt ein Merk's ein. So kennt am Bodensee ein Eisenhändler einen Bücherladen: Der schickt ihm jeden Monat zweimal einen Berg Bücher ins Haus, und die Rechnung sagt: Zur gefälligen Ansicht. Der Eisenhändler hat genug an seinem Hauptbuch und am Steuerbuch und zum Lesen keine Zeit, schickt also die Bücher immer pünktlich zurück, und der Buchhändler könnte was merken. Eines Tages muß er. Da halten mit ihrem Roß zwei Männer vor dem Laden, heben selbander eine Kiste vom Wagen und tragen sie mit Keuchen und Schnaufen zum Buchhändler, wie sehr der ihnen auch wehrt: Es liege ein Irrtum vor. Die Männer wissen nicht Ja noch Nein, reden vom Auftrag, und als sie dem Mann die Rechnung hinreichen, ist sie vom Eisenhändler und steht darauf vermerkt: »Ein Amboß, zweieinhalb Zentner schwer; zur gefälligen Ansicht!« Das war das Merk's und hat bei dem Geschäftsmann ein Licht angezündet, also daß die Reise des Ambosses nicht vergeblich war; denn die Bücherhaufen machten keinen Gegenbesuch. Aber der Eisenhändler hat sich, nichts für ungut! nachmals öfters im Bücherladen gezeigt, und wenn er's gerade brauchte, immer auch was zum Mitnehmen gefunden.

Der Narr in der Kirche

In einem westfälischen Dorfe scheuert eines Morgens nach der Frühmesse der Mesner das Räucherfaß. »Jetzt glänzt es wie die Goldstücke des reichen Baumeisters«, sinniert er – »dem du es heut nachmittag über seinem Bett schwingen willst; aber ob sein Geld noch so prahlig prunkt, so gibt es künftig doch ein anderer aus.« Kommt dem Mann aber nebenher auch das letzte Trinkgeld in den Sinn, das er von dem toten Baumeister noch bekommen könnte, so ahnt er nicht, daß er ihm zwar das Rauchfaß glänzend gescheuert hat, aber diesmal umsonst!

In jenem Dorf nun, wie an manchen Orten Deutschlands, warten die Verstorbenen nicht im Haus selber, wo sie abgeschieden sind, ihren letzten Gang ab, auch nicht im Leichenhaus – denn sie haben keins –, sondern lassen sich im Sarg in die Kirche tragen und erhalten dort, wo sie mit der Taufe ihren ersten Segen in diesem Leben bekommen haben, auch ihren letzten: Man hebt dazu nur den Sargdeckel noch einmal ab. So ist's dort auch mit dem reichen Baumeister geschehen: Zwei Männer haben ihn in die Kirche getragen, dort niedergestellt, den Deckel nur leicht auf den Sarg gefügt und nichts Böses geahnt; sie meinten, an einem heiligen Ort wie der Kirche sei die Leiche sicher aufgehoben, worauf sie um dies und das noch einmal weggingen.

Anders dachte aber ein anderer, doch wußte der nicht, was er tat und welcher böse Geist ihn gerade in diese Kirche führte; nämlich er war wahnsinnig und vor ein paar Tagen erst dem Irrenhaus entlaufen und so herumgeirrt. Dieser tritt in die Kirche, sieht den Sarg inmitten stehen, geht auf das dunkle Ding zu, und wie er damit nichts anzufangen weiß, aber doch den Deckel abhebt und den unbekannten Baumeister daliegen sieht, fällt ihm nichts Besseres ein, als den Toten heraus- und auf die Achsel zu nehmen und fort mit ihm in die Sakristei, wo er ihn, der mag wollen oder nicht, aufrecht in einen Schrank zu den Meßgewändern stopft und hinter ihm abriegelt. Dann läuft er zurück, legt sich in das Totenbehältnis, weil es ihm Spaß macht, holt, wieder zum Spaß, den Deckel wie eine Bettdecke über sich her, daß, wer's nicht weiß, meinen könnte, es sei mit dem Toten nichts geschehen, seit ihn die beiden Männer dort niedergesetzt haben.

Bald hernach kommen die beiden Träger wieder und nehmen ahnungslos den Sarg auf, um ihm erst den rechten Platz in der Kirche anzuweisen. Kaum haben sie ihn aber hochgenommen, wird's innen lebendig, der Deckel poltert herab, und noch denken die beiden Männer kaum, was da werden will, so ist der vermeinte Tote schon draußen, und wenn die Stille der Kirche nie den Schall von Ohrfeigen gehört hat, so klatscht es jetzt laut und häßlich davon, und der, dem sie gelten, nämlich der vordere Träger, sinnt nimmer lang darüber, sondern fällt tot hin; denn es mag ein Schreck sein, wenn man von einem, den man schon in der ewigen Ruhe vermeint hat, auf einmal ohne Schuld so bös angefaßt wird.

Der andere Leichenträger ist unterweilen aus der Kirche geeilt, draußen wie ein gehetztes Reh über die

Gräber weg und über die Friedhofmauer hinaus, als sei ihm der Auferstandene oder gar der leibhafte Böse auf den Fersen, ihm den Hals abzudrehen. Der Irre aber geht gemach und zufrieden weg vom Ort seines Treibens; ihm war es Spaßes und vielleicht auch Unheils genug für ein kleines Dorf und das halbe Viertelstündchen, wo er's angerichtet.

Nicht anders hätte wohl auch der Mesner gedacht, aber was war ihm kund von dem Geschehenen? Er will das Letzte zum Begräbnis tun: Er will seinem Pfarrer das Gewand bereitlegen, den Weihrauch anzünden, auch die Gemeinde mit dem Totenglöcklein rufen, wenn's an der Zeit ist: Wie hätte er aber das Unheil ahnen sollen, als er in die Kirche kam? Wohl findet er alle Türen offen, aber keine Menschenseele drinnen, dafür aber mehr Rätsel, als sein armer Kopf fürs erste fassen mag: den leeren Sarg, davon den Deckel weg und am Kopfende einen Toten, aber nicht den seligen Baumeister, dem er das Rauchfaß hat schwingen wollen, nein: einen Fremden auf den ersten Blick, aber einen Bekannten, als er ihn jetzt mit Schaudern näher ansieht: Der hat eben noch den Verstorbenen da hingetragen; wo aber bleibt der Tote, dem's heute gilt? Ist er gestohlen? Oder hat ihn von geweihter Stätte weg der Böse geholt und auch seinem armen Bringer noch das Genick umgedreht? Soll er um Bescheid zum Pfarrer laufen? Soll er durchs Dorf fragen, ob einer den Abgestorbenen auferstanden hat herumwandeln sehn, wie die Jünger den Heiland? Nein, fort in die Sakristei, eine Decke geholt und den neuen Verstorbenen, dem keiner die Augen zugedrückt hat, geziemend am Boden zugedeckt! Dann meinethalben durchs Dorf hinauf umgefragt: Es wird wohl hell werden um das Rätsel, sonst ginge es nicht mit rechten Dingen zu!

Aber das Unheil ist einmal im Lauf, nur ahnt's der Mesner nicht; er wäre sonst lieber zu Weib und Kind gelaufen statt in die Sakristei an den Schrank, wo ihm, kaum schließt er die Tür auf, ein Toter entgegenfällt und ihn umarmt, wie zum Dank, daß er ihn aus dem dunklen Gelaß befreit hat. Und so fest ist der Verstand des Mesners nicht, nach all dem Grausigen heut, daß er sich nicht hätte verdrehen sollen. Und weil er jetzt irr im Dorf herumfragt und keiner weiß, was er meint, greift sich darüber jeder an den Kopf: Fehlt dem Mesner ein Sparren, oder hat er einen zuviel im Dach?

Einem Irren traut man gemeiniglich nichts Gutes mehr zu, und hier hat so ein Armer noch zwiefach Unglück geschaffen. Wo es für den Tag an dem einen Toten genug gewesen wäre, hat man zweien das Grab nebeneinander bereiten und einen neuen Mesner das Rauchfaß schwingen heißen müssen, das so fein für den reichen Baumeister der alte gescheuert hatte; der aber ist mit dem Wahnsinnigen selbander ins Irrenhaus gegangen, der ihn mit dem eingesperrten Toten um den Verstand gebracht hat. Und der Irre hat den Mesner unterwegs manchmal angelacht und nicht gewußt, warum? Vielleicht hat er in ihm einen Fahrtgenossen gesehen, der auch nimmer mehr wert war als er selber: Gerade noch gut fürs Narrenhaus!

53

Leichter Verdienst

Der Metzger vom Bodensee, der einmal einem schwarzgeschlachteten Säulein einen Schlag zugedacht, ihn dann aber auf den eignen Kopf bekommen hat, doch tat ihm's weiter nichts, führte einmal einen besseren, und der saß.

Der Metzger wird krank, der Himmel weiß, woran; der Doktor weiß es nicht. Also verordnet er ihm Ruhe; vielleicht hilft's. Nein, einstweilen nicht. Gottlob! denkt der Galoppdoktor und kommt jeden Morgen zu dem Metzger: »Nun, wie geht's?« Und er müsse halt Geduld haben! Und nimmt für das Sprüchlein jedesmal fünf Mark. »Ein schönes Geld!« rechnet der Metzger – wenn einer nur aus seinem Adlerwagen hüpfen muß und mit einer nichtsnutzen Frage bei einem Schock Kranker herumhausiert; so leicht machst du's nicht!« sagt er sich. Drum legt er sich eines Morgens breit unters Fenster. Dort muß er herkommen, mein Galoppdoktor, denkt er, und wie der dann anbraust und aus seinem lackierten Dachsbau tänzelt und an des Metzgers Tür die Klingel drückt, aber vergeblich auf Einlaß wartet, will ihm der Metzger auch den unnützen Anstieg noch ersparen und ruft aus dem Fenster:

»Macht Euch keine Mühe, Herr Doktor; ich will Euch die fünf Mark gleich hinabwerfen.« Das war dem Doktor ein Merk's, und er bleibt von der Stund an weg, und der Metzger wird von selber gesund, kraft seiner guten Natur, der er nicht jeden Morgen einen dicken Silberling opfern muß für nichts und wieder nichts oder nur für drei Wörtlein süß: »Nun – wie geht's?«

Die beiden Bescheidenen

Zeppelin, der Luftgraf, war der höflichste Mann, wer ihn kannte, überdies ordentlich gescheit, er hätte sonst das Luftschiff nicht erfunden, der Wissenschaft zum Trotz; aber bei aller Leistung blieb er höflich und bescheiden. Ein Professor hingegen weiß alles, und ein schöner Reim sagt gar, er wisse alles besser, und besser selbst als der Herrgott. So ein Professor am Bodensee kommt einmal mit seiner Klasse zum Grafen und seinem Luftschiff. Der Graf führt die Schüler und erklärt ihnen und ihrem Lehrer die Teile des Fahrzeugs, gibt auch auf jede Frage Bescheid, auf gescheite wie auf andere; denn er ist ein höflicher Mann. Jetzt bringt's den Professor um, oder er muß sich hören lassen: An einer Vorrichtung des Steuers hat er was auszusetzen. »Und das wäre, Herr Professor?« fragt der Graf. Nichts weiter, als daß es durch Handbetrieb bewegt werde. »Das ist doch altmodisch, Herr Graf«, fügt er bei, »und eigentlich rückständig; das macht unsereins viel geschickter mit einem kleinen Motor.« Der Graf, immer noch höflich, gibt dem Einwand recht; er meint nur, der Handbetrieb genüge einstweilen; auch warne die Feuergefahr noch vor einem Motor. Halb gibt das der Schulmeister zu; aber die Zukunft müsse das doch ändern. Der Graf läßt wieder höflich auch der Zukunft das Recht und spricht sogar dem Professor seine Freude aus über solche Wißbegier. »Woher kommt Ihnen denn diese Teilnahme?« fragt er den Professor. Was sagt ihm der Professor? »Ja, wissen Sie,« sagt er, »ich bin halt auch so ein Bastler wie Sie, Herr Graf!«

Das war gewiß ein bescheiden Wort, und der Graf hat es denn auch mit einem höflichen Lächeln und einer Verbeugung bescheiden vergolten. Es hat aber ein andrer gesagt, der's gewußt hat: Es gehe nichts über einen Schulmeister, wenn er im Saft steht.

Begegnung vor Tag

Im Schwarzwald hat ein Jäger eines Morgens in der ersten Frühe oder noch in der Nacht, denn es ging erst gegen die dreie, einem Vorgang zusehen müssen, der ihm allerhand zu denken gab. Er hätte da können vor die Gerichte laufen und ein altes Verbrechen aufdecken helfen; aber er dachte: Wer hat dich als Richter berufen? Einmal kommt wohl alle dunkle Tat an die Sonne, und wenn nicht, so schleppt der Sünder ein Leben lang daran und wird Stunde um Stunde spüren, ob es ein Leichtes ist um den Mord am eigenen Vater. Und was fruchtet's, wenn die Gerechtigkeit sich ihrer selbst berühmt und auch noch mordet? Nein, der Jäger wollte nur eine Mutter mit zwei guten Kindern nicht in noch tieferen Jammer treiben, als sie an ihrem Mann, einem argen Trinker, seit Jahren litt. Dies schien ihm ein menschlicher Gedanke, und er sagte sich: Schweig!

Dieser Jäger steht also in halber Nacht schon auf einen Dachs an im Wolfholz am Galgenbuck. Der Galgenbuck gehört dem Berghausbauer von Rechtswegen, aber von Gewaltswegen zu einem guten Teil jetzt auch dem Staat; der will dort durch den Wald die Eisenbahn legen und hat drum einen breiten Gürtel des Galgenbühls und des Wolfholzes enteignet. Seitdem ist der Bauer noch tiefer dem Schnaps ergeben als schon die Jahre her. Ist er nicht vor alle Gerichte gelaufen um Recht und hat bei allen nur Unrecht gefunden und hohe Kosten als Butter aufs geraubte Brot, weil's auch das Gericht von den Lebenden nimmt?

Dort im Wolfholz wartet der Jäger auf seinen Dachs,

glatt bei dem Bau am Boden, vor der Einfahrt. Der Wind steht gut, und es wäre des Tieres Stunde. Aber regt sich jetzt was und raschelt das Laub, so daß der Jäger auflauscht, so ist es kein Wild. Vielleicht weiß einer um deinen Dachs und wildert auf ihn, denkt er. Aber der jetzt langsam durchs Dunkel daherkommt wie ein Schatten und doch schwer dreintappt wie ein Eber und herumsucht, ist kein Wilddieb. Trottete er sonst so über den Dachsbau hin? Und warum bleibt er stehen? Und warum grad vor der mächtigen Buche, in die vor Jahren eine unbekannte Hand ein breites Kreuz geschnitten hat? Und warum kniet er vor dem großen Baum? Und wozu faltet er die Hände als zum Beten? Und warum betet er zu einer Stunde, wo ihn kein Mensch sehen soll, als weil er seinem Herrgott was abbitten will? Und letztlich, warum macht er, als er nach sieben Vaterunsern aufsteht, dreimal das Kreuzeszeichen über dem Fleck, wo er gekniet, und geht dann schwer, wie er gekommen ist, davon, dem Berghaus zu?

Der geheimnisvolle Vorgang im Morgendunkel hat dem Jäger die Pirsch verleidet. Dein Dachs ist vergrämt, sagt er sich und steht auf und folgt durch das Wolfholz dem andern, aber nicht auf gerader Fährte, sondern auf einem Umweg, und wenn er eine Viertelstunde später, fünfhundert Gänge vom Berghaus, auf einer Bank an der Straße ausruht und einen frühen Wanderer grüßt: »Guten Morgen, Berghauser!« so rückt der kaum an seinem Hut und wankt auf den Hof zu, und nur ein halbes Stündchen noch, so rasselt er auf seinem Bernerwägelchen landein auf seine tägliche

Trinkfahrt, von der ihn sein Brauner, wenn der Hof schon im Schlaf liegt, zurückbringt.

Der Berghauser könnte von der obersten Speicherluke aus sehen, wie sie jetzt am Galgenbuck eine breite Schneise in den Wald geschnitten haben und dort Baum um Baum niedersinkt: Er will es nicht sehen und ist drum jeden Tag auf seinen Trunk aus. Einmal aber schaut er von der Luke aus heimlich nach dem Wald hinüber: Weiß er, warum? Oder tut er's im Irrwahn? und gewahrt, wie die mit dem Kreuz verwundete Buche hinsinkt. Da verfällt er im Trinkerwahn einem bösen Fieber, und die Berghausbäuerin muß zusehen, wie er von Tag zu Tag mehr eingeht. Eines Morgens aber, wo sie ihn ein Vaterunser lang sich selbst überlassen muß und er auch zu schlafen scheint, findet sie ihn hernach, wie er die Kirschwasserflasche am Mund hat und, ehe sie's wehren kann, austrinkt. Da taumelt er wie ein auslaufender Kreisel, und der Herzschlag erlöst ihn.

Zur selben Stunde heben Arbeiter im Wolfholz vor der gefällten Buche Erde aus und finden die Gebeine eines Mannes, und jeder, als könne es nur der eine sein, rät auf den alten Waldhofbauern. Das war der Vater des nachmaligen Berghausers und vor einem Dutzend Jahren geheimnisvoll weggekommen. Und jetzt hätte der Jäger ein spätes klärendes Wort reden können; aber er dachte an eine Mutter und ihre Kinder; also schwieg er.

Der Konstanzer Narr

Der Jauzhannes geht eines Tages, als er wieder einmal nicht weiß, was arbeiten und drum schon wochenlang Blauen macht, mit dem Bastian an dem Irrenhaus vorbei, das zu Konstanz gehört und das sie drum dort die Reichenau heißen. Da nun ein paar Dutzend der armen Narren, um in dieser gewinnsüchtigen Welt auch noch was nütze zu sein, aus einer Grube Sand wegfahren, einer von ihnen aber immer mit dem leeren Karren geht und ihn verkehrt schiebt, nämlich die Lade abwärts, so sagt der Bastian: »Ist es nicht närrisch, wie es in der Welt zugeht, bei den Gescheiten so gut wie bei den Narren?«

Der Hannes drauf: »Ich versteh dich nur halb; wo zielst du hinaus?«

Wieder der Bastian: »Ganz einfach: Die sollen alle einen Sparren zuviel oder einen zuwenig haben, tun aber allesamt vernünftige Arbeit und machen sich nützlich, wie gemeinhin die Welt sagt; also wären sie meines Bedünkens bei gesunden Sinnen; nur der da eigensinnig seinen Karren verkehrt fährt und keinen Sand fördert, der mag ein fertiger Narr sein.«

Der Hannes meint: »Wie's einer nimmt; man müßte ihn fragen.« Frägt also den armen Irren, warum er seinen Karren verkehrt schiebe, da doch alle seine Geistesbrüder ihn richtig schöben und nützliche Arbeit täten.

Der Kranke beschaut sich den Hannes, als verstehe er ihn nicht; aber dann blinzelt er pfiffig und tupft sich mit dem Zeigfinger auf die Stirn. »Du Narr!« sagt er;

»da müßte ich doch verrückt sein; da täten sie mir ja Sand aufladen!«

Darob sieht der Bastian den Hannes an und der Hannes den Bastian.

»Wer ist jetzt der Gescheite von denen, und welches die Narren?« fragt der Hannes.

»Ja«, meint der Bastian, »es kann einer überall was lernen; auch von den Narren noch. Drum sag ich doch: Es ist eine verrückte Welt.«

Mörikes Landstreicher

Welchem andern hätte ein freundliches Geschick das folgende Erlebnis gerechter zugeschoben, daß er es gütig zu Ende führe, als dem Pfarrer von Cleversulzbach, dem heitern und erbarmenden Freund des fahrenden Volks, wie er's in seinem »Hutzelmännlein« so märchenlieblich abgeschildert hat?

Der Pfarrer geht eines Winternachmittags, aber schon gegen den Frühling hin, vor den Ort hinaus einer Predigt nach, da trifft er auf einer Bank einen alten Mann, seines Dünkens einen Landstreicher; es mag freilich auch ein armer, von bösem Schicksal umgetriebener Mensch sein. In aufsteigendem Mitleid beschließt er, ihn anzureden, auf die Gefahr, von dem struppigen Gesellen, dessen Zehen aus dem Stiefel heraus das beschneite Land beschauen, bitter angelassen zu werden: Es geschähe ihm nicht zum ersten Mal. Er begrüßt den Mann also mit ehrlichen Schwabenworten und setzt sich dann, da die Sonne so warm die Bank streichelt, neben ihn, bis er ihn über das mildere Wetter, die vergangene harte Kälte und das winkende Frühjahr hinweg in einem Gespräch zu haben glaubt; nämlich der Landstreicher beschaut ihn noch schief und übeltrauend und sagt endlich, als Mörike einen neuen Anlauf nehmen will, zweifelnden Tons: »Euch darf einer ja trauen, Herr Pfarrer?«

»Wer sagt Euch, daß ich Pfarrer sei?« fragt Mörike.

»Ihr seid auch noch mehr, Herr, oder Ihr kennt Euch selber schlecht. Ich meinte aber bloß: Ihr wollt mir nicht die Zeit abstehlen.«

Zeichnung von Heinrich Ernst Kromer aus dem Jahr 1928

»Wär' Euch das ein Schaden, da Ihr doch hier feiert?«

»Habe ich Gewinn von einem Gespräch, Herr, oder werde ich nur um meine Zeit betrogen? Es gibt Euch eigensüchtige Menschen: Sie nehmen von ihrem Nächsten alles gern und haben nie nichts für ihn übrig, nicht auch nur eine teilnehmende Frage, die ihm viel gelten kann, wenn sie auch nicht in Groschen gemünzt einherkommt.«

Mörike, sonst in Rede und Gegenrede so gewandt, sieht sich vor einem Geringeren verlegen. Er hört aus den Worten seines Landstreichers keine Anspielung auf ein Almosen, eher im Vorhinein eine Abweisung, und sieht doch die Bedürftigkeit aus dem geborstenen Schuhzeug zu frei in die Welt schauen, als daß sie sich verleugnen wollte. Also fragt er fürs erste den Armen mit dem Blick aus, bis der andere die Rede fortführt.

»Seht, Herr Pfarrer: Ich sitze da in leidlich guten Gedanken, da kommen mir nacheinander zwei Tagediebe – daß ich sie nur so heiße, obschon sie mir kaum eine halbe Stunde weggestohlen haben: der erste ein kranker Mensch, meines Bedünkens ein Beamter, wie sich's denn auch erwahrt hat. Er bleibt vor meiner Bank stehen, bietet Guten Tag, schnauft Euch zum Erbarmen, hustet dazwischen und redet dann vom Wetter.«

Mörike sagt: »Wie vorhin ich …«

Der Landstreicher fährt fort: »Also vom Wetter: daß es nun schon so lange kalt sei, und es müsse doch endlich umschlagen; er wenigstens sei es satt bis zum Gurgelknopf; und wir hätten ja jetzt Vollmond, wo es immer einen Wechsel gebe; freilich, da in der schönen

Sonne sei es ja auszuhalten! Und ob ich erlaube: Er sei lange gegangen und leide obendrein an Atemnot. Warum zwar soll er nicht von Atemnot reden, Herr Pfarrer? Aber es gibt gewisse Grenzen; denn jetzt wird es unerträglich: Der Mann sitzt nicht drei Vaterunser lang neben mir, da weiß ich schon die Geschichte seiner Krankheit: wie sie sich anzeigt und sich benimmt, und was einer dawider tun kann und was etwas fruchtet und was nichts fruchtet, und daß ihm die kalte Luft ein wahres Heilmittel ist, hingegen die warme der Tod – und jetzt bin ich Euch, um unter die Sache einen Strich zu machen, mit einem Kräutertee zur Hand, freilich zu spät: Er kennt ihn, er hat ihn schon benutzt; er hat auch Erleichterung gefunden, wenn's nicht ein Zufall war; denn einmal nützt er, ein andermal ist damit in den Wind geblasen. Hätte er's nur dabei bewenden lassen, aber wie ein ungeschickter Geschichtenschreiber nimmt er den Faden wieder auf, und ich erfahre zweifach und dreifach, was ich schon weiß, und auch dann ist er noch nicht zu Ende, wie Ihr gleich sehen sollt! Aber ich stehle Euch die Zeit weg, Herr Pfarrer. Ihr habt Euch gewiß wollen in der warmen Sonne eine gute Predigt wachsen lassen?«

»Fahrt fort, guter Mann!« sagt Mörike; »meine Predigt gedeiht dabei.«

»Weil drüber schüchtern der Ostwind aufkommt, denke ich: Mach Schluß! und stehe auf, und der Kranke schickt sich auch an, mitzugehen: Da kommt der andere Mann vorbei, ein Amtsbruder des Kranken, und grüßt und fragt: Nun, wie geht's Euch denn jetzt? und ahnt nicht, daß mein Atem nothaft auch ihn anfällt und er jetzt alles wissen muß, was dem andern fehlt und wie er sich hilft: haargenau alles, was unsereins jetzt ein drittes Mal hört! Und ich denke immer, er werde mit mir weggehen.«

Der Landstreicher schaut Mörike von der Seite an. »Langweile ich Euch, Herr Pfarrer?«

Mörike beruhigt ihn: »Mich wundert, was noch kommen mag.«

»Der Kranke hat genug erzählt; er will nun auch was hören«, fährt der Landstreicher fort. »Der Herr Hunemann sei ja auch krank; ›wie geht's ihm denn?‹ fragt er den andern. ›Ja, der Herr Hunemann‹, sagt der. Nun, es gehe ihm besser. Aber so ein Tager zwölf oder vierzehn sei er schlimm drangewesen. Am Montag vor drei Wochen habe er noch wollen Dienst tun, obwohl ihm schon am Samstagfrüh nicht geheuer gewesen und er den Schnellauf gehabt habe; auch Brechreiz, aber kein Erbrechen dabei. Montags habe er dann vom Dienst hinweg heim müssen und den Doktor gerufen. Der Doktor hört nur, der Hunemann habe vor einiger Zeit wo Fisch gegessen: Da haben wir's: eine Fischvergiftung! Er hört weiter, einen Tag später habe der Hunemann Wurst gegessen: Ja, das verzwickt nun die Sache erst! Da könne es auch eine Wurstvergiftung sein. Und heute noch wisse der Doktor nicht: War die Wurst schuld oder der Fisch? Eine Vergiftung sei es aber auf alle Fälle! Und das schaukelt nun der Beamte eine Viertelstunde lang, bis sich die beiden einig sind, es sei eine Vergiftung entweder durch Wurst oder durch Fisch. Dann gehen sie zusammen weiter, ohne einen Gruß gegen ihren Zuhörer: So eigensüchtig sind die Menschen, Herr Pfarrer!«

Mörike antwortet nicht; er wüßte nicht, was. Denn wen hat er vor sich? Ist es ein Spötter, über den er sich nicht auskennt? Oder ein Narr? Aber so redet kein Narr. Oder eher ein bitterer Armer, der, statt ein Almosen zu heischen, ihn mit schrulligem Spott unterhält? Nie hat ihn seine Menschenkenntnis so im Stich gelassen wie bei diesem weißhaarigen Alten! Aber er kann den Armen nicht mit einem dürftigen Behüt-Gott wegschicken, als habe er ihn auch nur zum Zeitvertreib angesprochen, wie die Beamten. Doch steht er auf.

»Der Wind wird fühlbar«, sagt er, »die Sonne sinkt dort in die Wolke. Wollt Ihr mich begleiten, guter Mann, so nehmt Ihr vielleicht mit einer warmen Suppe fürlieb im Pfarrhaus und mit einem Nachtlager. Morgen steht es dann in Eurem Willen, ob Ihr weitergeht oder noch unter meinem Obdach bleibt.«

Der Alte sieht unschlüssig vor sich hin, dann zweifelnd auf den Pfarrer. »Ich darf Euch durch den Ort hin nicht Unehre machen, Herr Pfarrer«, sagt er, »erlaubt Ihr mir, nachher um Arbeit einzusprechen, die mir ein Weniges brächte, so brauchte ich nicht lästig zu fallen und fände wohl eine Herberge.«

Diese Worte setzen den Pfarrer vollends in Zweifel über den Aufgelesenen.

Der Alte hat ihm etliche Stunden Holz kleingemacht und für ein Frühbeet einige Bretter zurechtgesägt, wie ein geübter Handwerker; dann nehmen die beiden das Nachtessen ein, das die Schwester des Pfarrers etwas mürrisch und einsilbig aufträgt, um wegzugehen. Ein Krug Landwein ist bestimmt, das Gespräch

Armer Schlucker (im Grund- und Aufriß), Skizzen, 1942

flüssig zu halten; es bleibt aber stockend, und wenn der Pfarrer einigemal das Wer und Woher vorsichtig streift, umgeht der Gast ebenso geschickt die Falle, wofür er's nimmt. So sitzen sie einander eine Stunde und mehr gegenüber, als der rätselhafte Gast allmählich noch schweigsamer wird, ja zuweilen Worte murmelt, die mit dem mühsamen Gespräch des Pfarrers nichts zu schaffen haben. Mörike wird besorgt, und als gar dem Mann ins Auge ein fremder Glanz tritt und seine abgerissnen Worte sich bald wiederholen, bald mit neuen ungereimt wechseln, bewegt der Pfarrer mit ruhiger Überredung den Fiebernden, zu Bett zu gehen; er aber hält bei mattem Kerzenschein Wache bei ihm.

Diese Nacht und der folgende Tag geben ihm ein schwankendes Bild seines unbekannten Kranken. Wiederholt scheint es den Alten zu bedrücken, daß er seinem Wohltäter nicht den Namen genannt hat; wie staunt aber Mörike gar, als der Fiebernde ihn griechisch anredet, nicht anders, als wie die Helden Homers ihre Gäste nach Wer und Woher fragen! Einmal wieder legt er den beiden Beamten dar, daß der alte Dichter die Atemnot auch schon kenne und sie Asthma heiße; doch halte er darin Maß. Darauf sieht er den Pfarrer als Brustkranken und will sein Bildnis malen, wenn er nur die Fischvergiftung aus dem Spiel lasse. Liebkosend führt er dann die Hand über das Federbett und murmelt:

»Die Dame halt' ich für mein Kind Kordelia.« Ob einem Frauennamen schaudert ihn: »Du riechst nach Ehebruch!« sagt er. So ist er manchmal in ferner Vergangenheit, deren Trübnis Mörike unsicher errät, dann wieder beim gestrigen Tag, wobei er den Pfarrer einen Ausbund von Eigensucht nennt, dafür daß er ihn dem Ostwind preisgebe, um ihn schließlich dem Armenhaus oder den Landjägern auszuliefern. Auch diese Worte weisen Mörike auf eine düstere Vergangenheit des Alten.

Der Arzt kommt einigemal, kann aber bei der Schwäche des Kranken dem Fieber nicht gebieten, das in der zweiten Nacht gegen die Frühe hin den Unbekannten unter den Händen des Pfarrers hinrafft. Dieser gibt ihm ein für die Weiterwanderung bereitgehaltenes Paar Schuhe und einen Anzug in den Sarg mit, und weil über Person und Herkunft nichts bei dem Wanderer gefunden wird, spricht er einem Unbekannten den Abschiedsgruß übers Grab.

Als Mörike dann nach Wochen zufällig aus einem älteren Zeitungsblatt erfährt, daß ein hochbejahrter Mann dem Armenhaus entlaufen und nimmer zu finden sei, worob man an sein Ableben denken müsse, meldet er dorthin seine geheimnisvolle Begegnung und erfährt den Namen des Verstorbenen: eines ehemaligen Künstlers von gewichtigem Ruf und umfassender Bildung, dessen Dasein durch Familienleid zerrüttet worden und also elend und unversöhnt zu Ende gegangen sei. Mörike setzt den Namen auf das leere Grabkreuz und erneuert die Blumen auf dem Hügel. Er hat einem Würdigen die letzte Gastfreundschaft erwiesen, dessen seltsames Wesen ihn zuerst ebenso erstaunt, wie seine ernste Haltung im Elend ihm Achtung und Trauer abgerungen hat.

Pfarrer Hansjakobs Hauswurz

Der Pfarrer von St. Martin in Freiburg, Hansjakob, hatte einen Schreiber: Das war ein jüngerer Mann, der ihm empfohlen worden war, und beide kutschierten gut selbander. Skribifax hieß ihn der Pfarrer, auch wohl Hauswurz, wegen seiner kurzen Leibesgestalt, die von der ansehnlichen Länge Hansjakobs freilich merkbar abstach. Doch war er seinem Herrn ein verläßlicher Schreiber; ja, er verhalf ihm oft auch bei seinen Geschichtenbüchern aufs treffende Wort, wenn sich's dem Dichter bei allem Drücken und Würgen nicht einstellen wollte. Stand es damit also gut, so mußte der Pfarrer aber ein anderes fürchten, nämlich, daß ihm Skribifax eines Tages aus dem Geschirr laufen könnte; denn so ein junger Mann ist vor einem gewissen Ding nicht für alle Zeit geschützt, und bei Hansjakob wie bei Skribifax hieß dieses Ding – Weib, vom Pfarrer selbst (wo er davon redet) immer nur mit dem alemannischen Sammelnamen Weibervolk benannt.

Solch eines trat einmal recht unverhofft auf, als der Pfarrer nämlich in einiger Entfernung ein Pärchen wandeln sieht. Er lacht und sagt: »Da ist dir die Hauswurz wahrhaftig an einen Rebstecken geraten und will sich wohl an ihm hinaufranken«, und am andern Tag spricht er sogleich frei über seine Entdeckung, aber kein Widerwort, sondern nur, was seinen Dienst angeht. Doch bleibt ihm Skribifax die getreue Hauswurz und Schreibhilfe; auch die andre, sagt er, sei eine verlässige, gläubige Person, und der Pfarrer nickt und lächelt dazu.

Dieses verlässige, gläubige Wesen erscheint, nicht lange später, eines Morgens im Pfarrhof und vermeldet, sie habe sich, wie der Herr Pfarrer schon wisse, mit seiner Hauswurz versprochen und würde gern unterm Segen des Herrn Pfarrers bei St. Martin die Ehe eingehen. Der Pfarrer gibt der langen Person die Hand, heißt sie sitzen und ein Glas Wein nehmen und: das freue ihn, sagt er; freue ihn auch für den tüchtigen Bräutigam; denn sie würden gewiß gute Gemeinschaft fürs Leben halten, und so sei ihnen Gottes Segen im voraus verbürgt.

»Jawohl, Hochwürden!« sagt die lange Person, und ein Weilchen zögernd, meint sie dann: »Aber noch eins jetzt, Hochwürden!«

Der Pfarrer staunt. »Was denn noch?«

»Zweierlei gar«, sagt der Rebstecken und weist ein Buch her. »Da ist ein Erbauungsbuch aus meiner Großmutter Tagen, recht und gut für meinen verlobten Stand. Aber das bringt Euch lange Reden; die loben die Jungfräulichkeit und singen den Preis der Ehelosen und ist doch ein gescheites Buch. Dann aber seht Ihr viele Blätter das Lob der Ehe singen, wie ich sie mit Eurem Skribifax vorhabe, und dieses Zweierlei kann ich nicht zusammenreimen.«

»Ihr scheint mir von dem Buch verdreht«, sagt Hansjakob und blättert in dem zeitbraunen Ding herum: im ersten Teil erst, dann auch im zweiten, der da handelt von der Ehe. Dann faßt er die Blätter von der Jungfräulichkeit in die Linke, genau bis zum andern Abschnitt, so da handelt vom Leben in der Ehe und dem gemeinsamen Wandel der zween Geschlechter,

Heimweg (1916)

wie er Gott gefällt, und hält diesen in der Rechten und steht auf und reißt heraus, was er mit der Linken hält und sagt: »So, das ist für mich, gute Jungfer; das aber ist für Euch!« und gibt ihr den andern Teil und sagt: »Also heiratet!«

So hat die Hauswurz ihren Rebstecken genommen oder eher der Stecken die Hauswurz, und der lange Pfarrer von St. Martin hat die beiden zusammengegeben und seinen Segen dazu; auch ein namhaftes Geldgeschenk noch zur guten Bedeutung für seinen Skribifax und für seine überlange Ehehälfte.

Das Musterbett

In Salzburg kommen eines Samstagabends mit dem letzten Zug aus Wien neben andern Reisenden auch zwei Engländer an: die hätten gern in der überfüllten Stadt, wo morgen eine Mozartfeier und ein großes Sängerfest ist, noch ein Dach über sich gefunden und ein Bett zum Übernachten. Als sie sich eine Stunde um und um müde gefragt haben, verdrossen, weil man in Salzburg zwei Engländern kein Bett bereithält, finden sie bei einem Möbelhändler, der gerade den Hausschlüssel im Schloß umdreht, noch Unterschlupf – wenn sie fürlieb nehmen wollten, sagt der Mann: im Hausgang zwei rohe Bettstellen, eine Matratze und ein Keilkissen dabei samt Daunenkissen, aber zum Einhüllen jeder nur eine Wolldecke; drum sei aber Sommer und die Nacht lau. Die Engländer machen beim Lichtstümpfchen des Möbelhändlers saure Gesichter und murren was; der Mann aber sagt: »Wollt ihr oder wollt ihr nicht? Ich kann ohne Engländer schlafen!« Da nimmt jeder seine Wolldecke und der eine den Lichtstumpf, und als der Händler durch einen Vorhang weggegangen ist, legen sich die beiden nieder, und der eine schnarcht schon, ehe der andere das Licht am Kopfende des Betts ausgelöscht und sich zugedeckt hat.

Weil der aber nicht einschlafen kann, steht er nach einem Stündchen auf, sucht nach dem Lichtstumpf, den er im Dunkeln herunterwirft und nimmer finden kann, tastet sich vorsichtig um und trifft auf den Vorhang, wo ihr Hauswirt vorhin weggegangen ist. Er

schiebt das schwere Webstück beiseite, tappt im Stock-
dunkel weiter und ertastet jetzt mit der Linken was
Weiches, das er zwar als Bett anspricht, aber fürchtet,
es könnte schon einer drinliegen. Doch ist das Ding
gottselig leer und so himmlisch fein und weich wie ein
Jüngferlein und: »So ein Musterbett hast du auch da-
heim nicht, in Edinburg!« denkt er, und ungeschlacht,
sonst wär er kein Engländer, legt er sein langes Gestell
hinein und zieht die feine Decke über sich her, und
nicht zwei Vaterunser mehr, so schläft er wie für die
Ewigkeit.

Er hat lange geschlafen, er weiß nicht, wie lang; als
er aber erwacht, ist schon hoher Tag, und er blinzelt
aus seinem langen Gesicht und schießt erschrocken
hoch: »Ja, liegst du denn auf der Straße?« fragt er sich,
»oder bist du zum Schauspiel da und allen den Menschen zum Narren? Sie stünden doch sonst nicht in
Haufen herum, zu lachen, und je lauter, je länger du
hinschaust!« Darüber geht es ihm auf, wie er spät von
Wien daher und nachts in einen Hausflur und von dort
durch einen Vorhang hier hineingekommen ist; aber
da draußen die Menschen, was wollen die? Und einer
zielt gar mit der Dunkelkammer auf ihn und drückt ab,
während der Engländer seine Roßzähne bleckt und das
Gesicht wie eine Handorgel auseinanderzieht! Denn
es ist ihm zwischen Indien und Edinburg nichts Ähnliches zugestoßen, auch für teure Sterlinge nicht, wie in
dem österreichischen Städtlein ganz unbestellt. Als er
aber jetzt an der Scheibe dort die Schrift liest, rück-
wärts und mühsam, so liegt er im Schaufenster eines
Möbelhändlers und hat den Salzburgern, seit der Roll-

laden hochging, einen Musterschlaf vorgeschlafen, in einem Paradiesbett, recht zur Empfehlung!

Und beim Sängerumzug nachmittags hat er schon da und dort sein Bild können sehen, wie er als der Engländer im Paradiesbett seine großen Zähne bleckt, weil ihn die Salzburger in seinem Prachtkäfig als ein Wundertier bestaunen, das zwar, wie man sagt, kein Heu frißt, aber doch das Roß-Gebiß dazu hätte!

Torenlaunen

Märchen- und Wunderländer gibt es drüben im Osten allerhand, nach Wunsch und Laune der Dichter und Geschichtenschreiber, z. Beispiel Turkestan und Indien oder Arabien, Afghanistan und Persien, und es wachsen dort auch allezeit Kalifen oder Kaiser oder Sultane, die sich für jede Laune einen Diener halten und für jeden Diener eine Laune ausdenken können, wäre sie noch so verdreht, und die ihren Sklaven nicht erst vierzehntägig kündigen müssen, wenn sie einen an die Luft setzen wollen. Auch sieht man so einen weggejagten Diener dort nicht schief an, wie bei uns einen gestürzten Minister, was zwar zu deutsch auch Diener heißt, aber Herr bedeutet.

Ein Kalife drüben in Arabien oder in Turkestan hatte die Narrenlaune, sein Diener müsse ihm täglich eine volle Tasse Tee aus der Küche aufs offene Hausdach bringen, wo er sie trank; es durfte aber kein Tröpfchen in die Untertasse überschwappen. Das hieß ruhige Nerven haben, und wohl Hunderte, die sich dieses Dienstes unterfingen, wurden am ersten Tag wieder weggejagt. Jetzt machte sich des Amtes ein junger Melonenhändler anheischig; dem verhieß der Kalife jeden Tag ein Goldstück für seine Fertigkeit, und der Sklave hatte bald ein erkleckliches Häufchen davon beiscite, niemand ahnte, wie und woher, und als er nach einem halben Jahr wieder unter den Melonenhändlern und Wasserträgern erschien, fragten ihn die begierig, wie er's angestellt, dem närrischen Kaiser so lange zur Zufriedenheit zu dienen, wo andere gleich am ersten Tag weggejagt wurden.

»Ich habe«, sagte der Schlaue, »jedesmal ein tüchtiges Maß Tee treppauf ins Maul genommen und auf der letzten Stiege wieder in die Tasse gespuckt.«

Der listige Einfall des jungen Sklaven hatte aber seine guten Folgen. Denn als der Herrscher ihn auf seiner List betraf, jagte er ihn zwar mit Rutenhieben weg, gab aber auch der eigenen Torenlaune den Laufpaß, so daß er fürder seinen Tee nicht wieder gleichsam aus eines niedrigen Dieners Mund trinken mußte.

Eines Teppichs seltsames Schicksal

Ein seltsam wechselvolles Schicksal hat ein Teppich gehabt, ein vornehmer persischer Teppich, und dieses Schicksal hat sich an ihm genau in fünfzig Jahren erfüllt, wie es sich wohl nicht so bald wieder begeben wird.

Als es Persien verließ, durfte sich das prunkvolle Webstück sagen: Seht her, was ich geworden bin! Aber wenn es gewußt hätte, was die Zeit mit ihm treiben würde, das hätte es gewiß nicht laut ausprahlen wollen.

Der Teppich reist aus dem breiten Asien in das große Europa und in Europa in das kleine Belgien. Er gönnt sich dort die erste Ruhe in dem Schaufenster eines großen Möbelhändlers in Brüssel, wo er sich nach einem vornehmen Eigentümer umschaut. So einen findet er rasch, und vielleicht so schnell, weil auch eine schöne, junge Frau ein Auge auf das Prunkstück hat. »Zum Namenstag ein würdiges Geschenk für zwei schöne Augen!« denkt der Herr, der sein Eigentümer wird, und tags drauf schon liegt der Teppich im besten Raum seines Landhauses, beglückt, daß er einst von kleinen Frauenfüßen geliebkost werden soll, nach den Träumen des jungen Mannes; aber da haben zwei voreilig so hold geträumt.

Der junge Mann ist der reiche Brüsseler Bürgerssohn Amandus Pelzer, der mit seinem jüngeren Bruder Leo im Haus des angesehenen Rechtsanwalts Berneis als Freund ein und aus geht. Der Anwalt, der in seiner jungen Frau das Glück seines Lebens sieht und ihr und seinen Freunden blind vertraut, ahnt nicht, daß die

Leidenschaft des Amandus schon beim ersten Anblick der jungen Frau zum Sturm angewachsen ist, der sie in seinen Wirbeln zerbrechen kann. Es ist nachmalen nicht kundgeworden, ob diese Frau dem neuen Liebhaber Hoffnung gemacht hat, daß er sie einst in seinem Landhaus als Herrin sehen werde; aber nach dem Wunsch des Amandus hätte sie es werden sollen, und dieser lag in seine Leidenschaft so verstrickt, daß er und sein Bruder Leo nur einen frevelhaften Ausweg sahen und ihn zu ihrem Unheil auch betraten. Und so schluckt eines Tages der Teppich in das zarte Rosa seines Zierats das dunkle Rot von Menschenblut und gibt zwei Tage später den dreingehüllten Toten heraus, der einen klebrigen, rostbraunen Blutfleck im Geweb zurückläßt. Der Tote ist der Gatte der jungen Frau und ist den Kugeln der zwei Pelzer erlegen. So geht der Teppich wieder auf die Reise, aber nicht zu den Füßen des schönen Weibes, dem er zugedacht war, sondern in den Saal des Gerichtshofes, dort seinen Herrn anzuklagen.

Das Gericht schickt die zwei Mörder lebenslang ins Zuchthaus und spricht die Frau frei, läßt aber das Mordhaus der Pelzer samt der Einrichtung verkaufen. Die Frau hat nicht nach dem Teppich gegriffen, ihn also nicht oft gesehen, zuerst im Fenster des Händlers, zuletzt auf dem Gerichtstisch, wo er ihr das Blut ihres Mannes wies. Es erwirbt ihn ein Brüsseler Kaufmann, der den Fleck bis zur letzten Spur austilgen läßt und den Teppich an eine reiche Witwe, Frau Renard, verkauft. Dort hätte er in guten Händen Schätzung und Schonung gefunden, wenn der Frau nicht durch Zufall kundgeworden wäre, welche schwarze Bewandtnis es mit ihm hatte; aus Furcht, das Unheil hänge sich weiter daran, verkauft sie den Teppich einem Brüsseler Buchhändler, dem er zwar gefällt, doch legt er ihn nicht in sein vornehmes Haus als Schmuck, sondern in sein Landhaus am Meer, das er im Sommer an Badegäste vermietet, und dort findet das irrende Stück jahrzehntelang Ruhe, freilich unter den Füßen der Gäste, die ohne Schonung drüber hingehen, so daß Farben und Fäden verschmutzen und zerschleißen und nach fast vierzig Jahren Dienst sein Herr den Teppich verwirft. Jetzt greift ein flämischer Fuhrmann namens Tenbrink das Stück aus dem Plunder um drei Gulden, und es schützt ihm fortan den Wagen vor Wind und Wetter; aber Regen wie Sonne weisen dort seine vornehme Herkunft noch auf. Nicht umsonst hat ihn der holländische Maler Vandeppen wohl ein dutzendmal abgemalt samt dem schiefen Fuhrwerk – und einmal auch den Tenbrink mit. Das Bild hängt in einem Museum, zum Stolz des Fuhrmanns; aber weiter hat der kein Herz für den armen Perser; hat er ihn doch leichten Sinns seiner letzten traurigen Bestimmung zugeführt, die er zwar nicht ahnte, und auch noch ein paar Gulden dran gewonnen. Wie ging das aber endlich zu?

Eines Tages spült in dem kleinen Fischerdorf Klemskerke das Meer die Leiche eines Greises auf den Strand. Der Tote ist ein Herr Petrel, der aus Brüssel gekommen ist und nur ein paar Tage im Dorf geweilt hat. Briefe in seiner Wohnung sagen aber, daß dieser Petrel – Leo Pelzer ist und nur in das Fischerdorf gekommen, um sich still aus dem Leben zu stehlen. Sein Bruder Amandus ist wenige Jahre nach seiner Verurteilung im Gefängnis gestorben; den Leo hat man nach dreißig Jahren begnadigt, aber des Landes verwiesen. In Indien bringt er sich mit harter Arbeit in Jahrzehnten wieder hoch und kommt unter fremdem Namen unerkannt nach Brüssel zurück. Aber die Erinnerung an die Untat seiner Jugend treibt ihn bald wieder weg, daß er sein zerstörtes Dasein beende.

Als sein Leichnam am Ufer gefunden wird, aber eine Hülle nicht zur Hand ist, ihn zu bergen, gibt der Tenbrink die alte Schutzdecke seines Fuhrwerks dazu her, für ein paar Gulden. Vandeppen, der Maler, der überall dabei ist, hat es gemalt, wie sie den Toten in den Teppich wickeln und druntergeschrieben: Strandgut.

Dann haben sie den Greis samt der persischen Hülle abseits vom geweihten Friedhof beerdigt, und so wird der Teppich ein Sinnbild der Rache oder, wer so will, der Versöhnung, weil er dem Mörder Schutz gewährt hat, wie er ihn einst dem Gemordeten gewährte, aber auch den Mörder verriet. Ist es aber nicht ein merkwürdiges Schicksal des Teppichs, daß genau fünfzig Jahre nach der Untat der eine der Übeltäter darin noch die letzte Ruhe findet?

Wie Herr Ochsenbrink sein Stammschloß fand

Dem reichen Fabrikanten Ochsenbrink hatten zwei Spaßvögel vorgeredet, weiß Gott wie alt sein Geschlecht sei und daß es schon vor 200 oder 250 Jahren im Frankengau gehaust habe, nicht in seinem Würzburg zwar, aber zwischen Gundersheim und Mündelfingen, und nach einem alten Geschichtenbuch müsse dort sein Stammschloß gestanden sein. So ein Stammschloß kann einen eitlen Menschen kitzeln; der Fabrikant aber ließ es sich nicht anmerken. »Unsereinem ist die Zeit Geld, also hält er es mit der Gegenwart«, sagte er; bei sich aber dachte er: »Du könntest dich einmal nach deinen Ahnen umschauen; denk wohl, sie können sich sehen lassen«, und setzte sich in seinen elfenbeinfarbenen Wagen, das Stammschloß aufzusuchen. Wie um die Wette brauste er durch den Frankengau, fuhr drei Hühner und zwei Gänse tot, zahlte sie großherzig, denn er vermochte es, und lenkte dann in Mündelfingen am Schwarzen und Roten Ochsen vorbei zum Goldenen, wo er abstig: der dünkte ihm der fürnehmste. Dann ging er gemächlich durchs Dorf und roch an den besseren Häusern, ob da vielleicht ein Ochsenbrink gewohnt haben möge. Bei den zwei größten aber trat er ein und fragte, ob darin nicht das Gerücht gehe, es habe da einst sein Urahn gehaust, so vor 200 oder 250 Fahren, Dagobert Ochsenbrink seines Namens. Aber die Leute hatten ihm nur ein Kopfschütteln und wiesen ihn an den Herrn Pfarrer, der ihm vielleicht Bescheid geben könne, gewiß aber auf dem Rathaus der Bürgermeistcr.

»Fürnehmer Besuch«, dachte andern Morgens der Bürgermeister, als der Stromlinige vorfuhr; gar der reiche Herr Ochsenbrink.« Der Ochsenbrink dagegen dachte: Dein Wagen wird ihm weisen, in welchem Haus er dein Stammschloß zu suchen hat; hoffentlich weiß er's schon. Aber der Schulze wußte nichts und mußte hin und her ein halbes Dutzend Bücher fragen und hatte seine liebe Not. Zuletzt aber, als er's fand, überlief es ihn heiß und kalt und: »Hilf, Himmel«, fragte er sich, »wie sagst du ihm den Befund?« Denn der roch ein wenig. »Habt Ihr's, Schulze?« meinte jetzt der Besuch. »Ja, Herr, mit Gottes Hilfe«, sagte der Schulze, und mit Gottes Hilfe lenkte er Herrn Ochsenbrink darauf. »Wenn der Herr Fabrikant«, sagte er höflich, »sich gütigst bemühen wollen, so wird er da alles in der Urschrift feststellen, was ich ihm hernach urkundlich ausfertigen soll«, und schob dem Würzburger das Buch hin, wies mit dem Zeigefinger darauf hin und stand artig hinter ihm.

Was konnte er aber dafür, daß jetzt der andere wie ein Truthahn aufkollerte und das Buch zornig zuwarf und der Schulze ihn nicht einmal fragen konnte, wohin er ihm das Geschrift nachsenden solle. Denn der Fabrikant war weg, und sein Stromliniger hustete und hupte schon dorfaus, als der Schulze nochmals im Buch nachsah, ob er auch richtig gelesen habe. Aber dort stand es kräftig und mit schönen Schnörkeln aufgemerkt, und war also nicht daran zu mäkeln, nämlich, daß Dagobert Ochsenbrink, des Fabrikanten Urahn, den er genannt, als ehelicher und rechter Sohn des Matthias Ochsenbrinken, Pfannenflickers aus Hammelfürth, geboren sei in des Vaters seinem Planwagen, und solches zwar zwischeninne, beiläufig hälftigen Weges von Gundelsheim auf Mündelfingen, wobei bemeldetes Geburtshaus aber näher an Mündelfingen Halt gemachet, also daß letztbesagtes Dorf füglich und Rechtens als des obbemeldeten Dagoberten sein Geburtsort anzusprechen und wahrhaft und urkundlich zu benennen seye.

Da schüttelte der Schulze den Kopf; denn er war ein bescheidener und ehrlicher Mensch: »Ist so ein reicher Mann geworden und so tüchtig, der Herr Ochsenbrink, und schämt sich des Ältervaters, weil der im Planwagen geboren!« dachte er. Könnte ihm aber nicht eines Tages auch ein Sohn zur Welt kommen in seinem Stromlinigen, wenn er allzeit darin mit seinem hochgesegneten Weib so sündhaft durch den Frankengau fährt? Wäre das dann nicht auch bloß ein Wagen, Herr Ochsenbrink?

Der Bauunternehmer von Singen

Die junge Stadt Singen droben beim Bodensee hat zwar ihren buckligen Hohentwiel und ihre Maggisuppen, die in allen Küchen der Welt duften, aber seit einigen Jahren auch einen Bauunternehmer, der weiß, es geht dort und in der Welt noch ein Geschäft, und der sieht, wenn einer will, kann er mit Eifer und Umsicht ein hablicher oder selbst ein reicher Mann werden, nur darf er dem Arbeiter, sagt er, nichts durchgehen lassen: drum sei der bezahlt. Also erscheint er einen Tag wie den andern am Wagen auf seinen Bauplätzen, wie die Arbeit laufe und ob nicht einer die andern verderbe und übles Beispiel gebe, weil gutes doch keins von keinem mehr zu erwarten sei. Das sind Ansichten; aber der Mann glaubt seine Leute zu kennen und gehabt sich darnach.

Eines Morgens rollt er wieder in seinem blauen Wagen an. Er sieht einen Arbeiter bei einer eingepfählten Schaufel, der raucht und herumredet, vielleicht vom schlechten Lohn, aber um keinen Preis eine Hand rührt. Kurz angebunden spricht er ihn an, und als der Mann erwidern will: »Keine Ausrede!« sagt der Unternehmer; »kommt nur gleich im Wagen mit, für Rauchen und Herumstehen kann ich Euch nicht brauchen!« Der Arbeiter hat wieder was auf der Zunge; aber der Herr sagt: »Kommt mit; ich zahle Euch aus!« und drängt den Mann, halb will der, halb will er nicht, in den Wagen und schnaubt mit ihm davon, kaum daß der Straßenstaub noch mitkommt; und ist unterwegs auch kein Reichstag zwischen beiden geredet worden.

Am Neubau (1928)

Im Geschäft sagt der Baumeister: »Hier ist für vier Tage Lohn«, und legt das Geld hin; wie er jetzt aber vom Faulenzen und vom hohen Lohn redet und beides nicht kann zusammenreimen und der Arbeiter einwendet: »Wohl, Herr, aber …«

»Nichts aber!« sagt der Herr; »vier Tage zahle ich Euch und für heute noch zwei Stunden für Nichtstun und Pfeifenrauchen. Ihr sollt mir nicht nachsagen, der Unternehmer sei ein Ausbeuter!« und drückt ihm das Geld in die Hand und schiebt den Mann, der bloß den Kopf schüttelt, hinaus: »Geht jetzt; es ist gut für beide Teile!«

Tags drauf, als der Unternehmer draußen alles eifrig am Werk, also nichts zu klagen findet: »Es hat doch gefruchtet«, sagt er zum Aufseher, »daß ich den Faulenzer gestern weggejagt habe; ich sag's aber immer: Die Leute wollen's nicht besser.«

Der Aufseher besinnt sich: Wem gilt's wohl? Dann fragt er: »Ihr meint den Mann, den Ihr im Wagen mitgenommen habt? Ich hab's vom Gerüst aus gesehen.«

»Den Nichtstuer! Wen sonst? Den Pfeifenraucher!«

Drauf der Aufseher: »Herr, da hättet Ihr den Unrechten erwischt.«

»Den Unrechten? Ich?«

»Meines Dünkens! Könnte zwar sein, ich täuschte mich, und der Mann hätte sich nimmer so bewährt wie bisher; aber er hat nur um Arbeit nachgesucht, und ich hab ihm keine geben können. So ist er herumgestanden für nichts und hat sein Teil zugeschaut für wieder nichts, bis Ihr ihn mit fortgenommen habt.«

Jetzt merkt einer: Er ist doch an den Unrechten ge-

93

kommen und ein wenig zu voreilig gewesen, auch zu freigebig gegen einen Arbeiter, der nicht im Lohnbuch steht, aber auch nichts verbrochen hat und mit versuchter Widerrede sich nur gegen eine unverdiente Wohltat hat wehren wollen, wenn auch vergeblich. Drum sinnt der Unternehmer nach: Du hast am Ende schon mehr gutes Geld für nichts weggeworfen oder an Unwürdige, das du besser an einen armen Menschen gewendet hättest; und vielleicht hat es diesmal einem Arbeiter wohlgetan, der des besten Willens gewesen wäre. Man müßte nur dem Menschen Gelegenheit zum guten Willen schaffen, so Herr wie Arbeiter, und daran hast du's für diesmal fehlen lassen.

Denkt der strenge Geschäftsherr solchermaßen und sinnt er redlich auf gerechteres Wesen, so paßt er am Ende nicht übel nach Singen zu dem trutzigen Twiel und den feinen Suppen, die dort zur Welt kommen, und gibt mit den beiden eine löbliche Dreiheit ab, die nicht so bald wieder auf Erden vorkommt, worum aber einer das junge Stadtwesen wohl gar beneiden könnte.

Das eigene Grab

Ein kleiner badischer Bauer, der 1915 als Landsturmmann ins Feld rückte, dachte, als er von den Seinen
wegging, auch nicht, daß er einst noch Totengräber
spielen werde, war's auch nur für seine Kameraden gewesen, geschweige für einen, der ihn noch viel näher
anging. Es kam aber, wie es kommen mußte, und darüber nachsinnen oder vorausdenken hätte wenig Zweck
gehabt.

Eines Tages, so steht in der Champagne ein deut-
scher Feldpfarrer neben einer Bahre und macht sich
seine Gedanken über den blutjungen Husaren, der tot
darauf liegt. Nebenan schaufeln vier ältere Landsturm-
leute abwechselnd an einem Grab, und wenn sie sich
auch manches dabei denken mögen, so behalten sie's
für sich, obgleich sie solcher Arbeit bereits ein wenig
gewöhnt sind, weil der Krieg die Menschen rauh
macht. Der badische Bauer ist auch dabei. Das Grab ist
fertig, die Landstürmer treten zur Seite, nehmen ihre
Wachsledermützen ab und hören, die Hände auf ihren
Spaten gefaltet, ein kurzes Gebet, das der Pfarrer über
den jungen Toten spricht. Dann legen sie ihn in die
Grube und werfen, nach des Pfarrers Vorgehen, zuerst
jeder einige Erde auf den toten Reiter, worauf sie ihn
gemeinsam einschaufeln; und haben vielleicht rasch
gearbeitet; denn es ist eine harte Sache.

Wie aber jetzt die vier Totengräber, darunter auch
der Bauersmann, weitergehen wollen, bittet sie der
Pfarrer, noch erst ein Grab aufzuwerfen, gleichsam auf
Vorrat oder als berufe er damit den nächsten; nämlich,

es kämen oft schneller Tote, als er für sie Gräber zur Verfügung habe, oder die nötige Mannschaft zur Hand. Von den vieren blieb einer zurück: der badische Bauersmann, und hub unverdrossen ein Grab aus; er dachte: Vielleicht ist's gut, wenn er nicht lange warten muß, der nächste, und er dankt dir's wohl vor dem Herrgott noch.

Über dieser Arbeit kommt ihm dort ein Offizier vorbei, unterhält sich mit dem Grabschaufler und erfährt von ihm, daß er ein Bauer mit gesegneter Familie sei. Sein Ältester müsse über kurzem auch ins Feld, ein Achtzehnjähriger; nicht drum: er sei Freiwilliger und gehe gern. Der Offizier verläßt den Bauern, und als das Grab geschaufelt ist, geht der Mann mit dem Dank des Pfarrers weg. Du möchtest, denkt er, bloß wissen – oder auch nicht; denn was fruchtet's, zu wissen? – welchem armen Kriegsmann du das letzte Bett gemacht hast! Möge ihm die Erde leicht sein. Damit schultert er den Spaten und geht seines Weges zu den andern Landstürmern; oder meint's einmal.

Als jener Offizier um die Mittagszeit wieder an dem Gräberfeld vorüberkommt, was sieht er? Einige Landstürmer sind an dem offenen Grab um den Pfarrer versammelt, verrichten mit ihm wieder ein Gebet, und der Offizier tritt mit dem Helm in der Hand zu der Andacht hinzu. Er muß nicht fragen, wer auf der Bahre der Tote ist. Es ist der Landsturmmann, der badische Bauer, mit dem er vor ein paar Stunden einige Worte gesprochen hat, als der das Grab schaufelte. Dem war auf dem Rückweg ein Granatstück begegnet, nicht daß er's gewollt hätte; nein, so ein Ding irrt euch in der

Luft daher und weiß nicht, welches Ziel ihm der Herrgott gewiesen hat; aber es findet eins. Diesmal war's der arme badische Bauer, und so hat sich der sein eigenes Grab geschaufelt, wie wenn er nicht lange hätte warten oder anderen keine Mühe machen wollen, wenn's an ihn käme, unverhofft.

Werkstattleben

Daß ich vor geraumen dreißig Jahren eines Tages von der hohen Kunst, wie es die Zünftigen nannten, herabstieg zum Handwerk, wenn es nicht eitlerweise Kunsthandwerk heißen soll, hatte verschiedene Gründe, freilich auch manche Ursachen, kurz: Es war unabweislich. Zunächst, daß ich meine Kunst nicht ausschließlich als Erwerbsfeld betrachtet, sondern am Werk allein schon Genuß und Genügen gefunden hatte. Wie es die Zeit verlangte und es mit besonderer Begabung meine klügeren Kameraden übten, hätte ich meine Erzeugnisse als Ware werten, ihnen Käufer schaffen und womöglich noch den Marktschreier spielen sollen, abgesehen davon, daß umwegige Hochschulstudien, die mein Vater nie gutgeheißen, mir viel Zeit und einen schönen Teil des elterlichen Erbes gekostet hatten, ohne daß damit für den Lebenskampf Merkliches gewonnen war; denn dem Künstler ist das Wissen eher mißlich als nur entbehrlich. Ich hatte also zuletzt einiges nachzuholen und etwas zu unternehmen, was seinen Mann wenigstens bescheiden nährte, der Begabung und Berufung aber nicht zu fern lag. Noch gedenke ich der schadenfrohen Mienen und Ratschläge meiner Mitstreiter in artibus, die mich von der Kunst, wie erwähnt, niedersteigen sahen zum Handwerk – als ob Kunst mehr wäre als Handwerk! –; aber man tröstete mich zugleich mitleidvoll mit dem berühmten goldenen Boden, den man mir scheinbar freudig gönnte; daß sie mir ihn in der Folge sichtlich neideten, schierte sie zunächst wenig.

Es war nun von der Plastik zur Töpferei ein kurzer Weg, und er bot mir sogleich einen ersten Vorteil. Wenn ich neben edleren Zierstücken auch Gebrauchsgegenstände schuf, konnte ich beides als Ware unbedenklich auf den breiten Markt bringen, wessen ich mich, sei es aus Stolz oder falscher Bescheidenheit, mit Kunstwerken geschämt hätte; konnte mich auch mit geringem Gewinn aus verhältnismäßig wohlfeilen Stücken besser durchbringen als mit teureren Werken, die schwer einen Käufer finden, zumal da das Publikum, selbst das gebildete, von allen Künsten zur Plastik am schwersten einen Zugang, geschweige wahres Verständnis findet.

In meinem neuen Wohnort wandte ich mich an eine kleine Dorftöpferei. Ein alter, schrulliger Mann mit grauem Haar und Schnurrbart, blauen Backen und einer veielfarbenen Birnennase, lebte dort seinem ehrlichen Handwerk. Er versorgte mit Gebrauchsware, als da sind Milchbecken, Kaffeekannen, Bauerntassen, Blumentöpfe, Ofenkacheln, Schmalztöpfe – einen recht umfänglichen Landkreis, so daß er alle vier Wochen seinen geräumigen Ofen mit Erzeugnissen füllte. Dies geschah, als ich hinkam, sogar rascher, seit nämlich bei ihm ein etwa dreißigjähriger Mensch arbeitete, ein Schlesier, der ebenfalls um lohnenderen Erwerbes willen zum Töpferhandwerk übergewechselt war und sich rasch darein eingelebt hatte, statt als Glas- und Porzellanmaler hungrig den abebbenden Aufträgen entgegenzuharren. Ihn hatte eine Münchner Kunstgewerblerin, die sich früher als Malerin betätigt hatte, in Erwerb gesetzt. Sie ließ ihre Entwürfe von ihm ausführen, d. h. die Zierate mit dem Pinsel oder dem Gieß-hörnchen auf die vom Töpfer geformten Gefäße auf-malen, und zwar gegen Stücklohn, womit sie den überfleißigen Menschen noch leichter als mit Taglohn in Hast und Eifer setzte. Der gute Schlesier, ein hage-rer Geselle, dem der Hunger aus Backen und Augen, will sagen: durch die Stahlbrille schaute, zeigte der unternehmenden Münchnerin sklavische Unterwürfig-keit, und um so eifriger, da sie sich zur Mehrung ihrer Würde als Kunstmalerin aufblusterte; schon dieses alberne Wort hatte für ihn ein besonderes Gewicht; zudem, wenn sie kam, wirtschaftete sie herrisch in der Werkstatt herum, bis der alte Töpfer ungemütlich wurde und auf sie und ihre Sezessionisten pfiff, mit deren Umgang sie großtat. Bei solchen Auftritten ge-riet der Schlesier immer in ein sichtbares Zittern; denn die Bavaria drohte dem Alten öfters mit dem Entzug ihrer Aufträge; dabei war sie froh, in ihrer Nähe einen so verlässigen und wohlfeilen Handwerker zu haben, neben dem nicht minder getreuen und wohlfeilen Schle-sier, der selbst dem Tadel seiner Herrin um so williger Männchen machte, je ungerechter sie schalt.

Wie weit her es mit ihren Fähigkeiten war, bewie-sen ihre sogenannten Originalentwürfe. Sie waren vielfach haargenau, mindestens aber ziemlich sklavisch nach alten Museumsstücken gefertigt; die Münchnerin verstand aber, sie als edles Altgeschirr wieder zu Ge-schmack und modemäßigem Gebrauch zu bringen, als moderne Bauernkeramik nämlich, wie sie das Zeug taufte. Dieses Geschirr versah unser Schlesier mit dem vorgeschriebenen Zierat. Er leistete gediegene Arbeit unter dem strengen Auge des Töpfers, und ganz in seinem Sinn. Dieser hielt nämlich auf währschafte Arbeit, lehnte dabei auch unerbittlich jede noch so gepriesene Neuheit technischer Mittel ab, wie sie die Münchnerin einigemal einzuschwärzen suchte. Wir fanden aber bei dem Alten den feinsten geschlämmten und durchgearbeiteten Ton und nur altbewährte Begüsse, Farben und Glasuren und reichten damit für unsere Zwecke völlig aus. Als die Kunstmalerin wieder einmal mit einem Töpferfachblatt aufzog und dem Alten die Anschaffung einiger neuer Farben und Flüsse nahelegte, die sie für dies und jenes ihrer Muster angewandt wünschte, verwarf sie dieser als Fabrikschwindel und sperrte ihr, da sie auf der Verwendung bestand, eine Woche lang die Werkstatt, entschlossen, ihre Aufträge in den Wind zu blasen, wenn sie sich seiner redlichen Werkübung nicht fügte. Wir beide, ihr Schlesier und ich, hatten auch keinen Grund, uns mit zweifelhaften Neuerungen kostspieligen Enttäuschungen auszusetzen; unsern Brand fanden wir immer geglückt, hatten sehr selten und dann stets geringfügigen Bruch und nirgends verhoffte Flüsse, Fehlfarben oder sonst Mißliches. Einmal stießen wir auf bedenkliche Haarrisse im Geschirr der Münchnerin: Da hatte sie dem Schlesier ein Mittel zugeschmuggelt, um damit alte Erzeugnisse vorzutäuschen; da weigerte der Alte beiden für zwei Tage die Werkstätte und lief zum Trunk: Er wolle ehrlich gedeihen, nicht mit Bauernfang. Wir führten mit diesem Aufstehen gegen unverantwortbare Arbeit, wie sie uns von Großbetrieben her unrühmlich bekannt war, einen im Umkreis unserer Erzeugung erfolgreichen

Krieg, hielten uns auf einer der Nachfrage genügenden Höhe, hatten jeder sein Fortkommen und vernahmen weder vom privaten Käufer noch vom Händler Klagen; unser Schaffen war beglückend, und wir konnten es in bescheidenem Sinne Kunst nennen.

Der Betrieb erhielt sich ungezwungen. Neben dem Töpfer mit seinen zunächst gleichbleibenden eigenen Aufträgen hatte die Münchnerin viele Abnehmer. Sie verstand es, ihre Ware selbst in Kunstblättern besprechen und empfehlen zu lassen, brachte sie auch in Kunstausstellungen unter, wo sie zwischen Gemälden und Plastiken zugleich Schmuck und Abwechslung boten. Ihre Billigkeit im Vergleich mit dem Preis von Kunstwerken schuf ihr reichlich Käufe, so daß die Künstler schließlich erklärten, bei dem ungleichen Geschäft zu kurz zu kommen und deshalb das sogenannte Kunsthandwerk aus ihren Ausstellungen verwiesen. Der Münchnerin Geschäftstalent war aber größer als ihre Kunstbegabung und sicherte ihr einen steigenden Absatz, so daß der Schlesier alle Hände voll zu tun hatte und tief im Brot stand.

Ich dagegen war mir noch nicht klar, welchen Zweig des uralten Gewerbes ich eigentlich pflegen wollte, und der Künstler in mir stand mir immer im Wege. Bildhauerarbeit lockte mich mehr, als auf der schwingenden Scheibe, gewissermaßen vierhändig, Kunstgriffe zu üben, um ein Gefäß mehr oder minder auszubauchen oder Minarette oder Fabrikschlote aus Lehm hochzuziehen. Es kostete mir ordentliche Überwindung, Zier- oder gar Nutzgerät anzufertigen, nachdem ich bis dahin nur eigentlich Zweckloses geschaffen hatte, wie es sich ein Schopenhauer nicht ehrlicher wünschen konnte und wonach ich immer wieder nebenausschielte. Schließlich lenkte ich aber ein und begann mit größeren Krügen in strenger Form, ein- oder zwei-, zuweilen selbst vierhenkelig. Auf diese modellierte ich in leicht erhabener Arbeit allerlei Gestalten, meist komischen oder doch heiteren Charakters. Als ich von ihnen aber eine vierteilige Gipsform herstellte, die Teile in Lehm ausformte und mit Schlick zusammensetzte, blickte der Töpfer scheel darauf. Damit beginne die Fabrikware, brummte er und weigerte mir schließlich den Raum im Ofen. Ich ließ sie darauf von ihm formen und brachte selber nur den plastischen Schmuck an; durch unterschiedlichen Zierat oder besondere Färbung wurde jeder eine Seltenheit, erhielt in eigner Handschrift mein Künstlerzeichen, und die wenigen Stücke gingen schnell an ausländische Käufer. Als mir aber eine Majolikafabrik das Muster abkaufen wollte, gab ich die Arbeit sogleich auf, zum Erstaunen des Schlesiers und seiner geschäftstüchtigen Bavaria. Hoffentlich tun die paar Stücke aber heiteren Dienst, indes nicht auf einem Wandbort.

Bei neuem Nutzgerät, das ich nun aufnahm, ließ ich es an lustiger Laune und Einbildungskraft nicht fehlen. Da faßten geblähte Froschmäuler Streichhölzer, geringelte Schlangen und Saurier wurden zu Aschenschalen, lauernde Drachen zu Briefbeschwerern. Ein grotesker Affe bot eine Bütte als Streichholzständer her; ein geringelter Lindwurm hütete ein Tintenfaß als Schatz. Wieder bekam jedes Stück seine besondere Färbung oder war in verschiedenen Größen vorhanden, um Massenware zu vermeiden. Trotzdem konnte der Preis mäßig gehalten werden, ging mir doch das Kneten aus der Form leicht von der Hand, und in der Muffel brauchten die Stücke wenig Raum, im Gegensatz zu den Schüsseln, Schalen und Platten der Münchnerin, die durch Umfang auffallen sollten und auch im Preis weit höher kamen, im Brand schon. Der Verkauf ging gut; eines Tages erschienen aber zu meinem Erstaunen freche Nachbildungen davon aus einer Majolikafabrik. Ich klagte wegen Verletzung des Urheberrechts, wurde aber vom Gericht abgewiesen, da ich den Musterschutz, worum es sich bei solcher Ware nur hätte handeln können, nicht beantragt habe. Mit solchem Betrug hatte man beim Handel zu rechnen, und leider beim Richter auch.

Mit dem Töpfer vertrug ich mich friedlich, mit dem Schlesier sehr gut, heckte mit diesem auch manches Glückliche außerhalb der Werkstätte aus; dagegen fand ich mit der Münchnerin keine Verbindung, vermutlich weil ich ihr, wenigstens nach der Ansicht des Schlesiers, nicht genug um den Bart ging; eher vielleicht, weil ihre nachgeahmte Ware mich durchaus kalt ließ. Zu meiner Verwunderung erbat sie sich eines Tages die meinen aus, namentlich die Fabeltiere, um sie neben ihren Schüsseln und Platten im eigenen Laden abzusetzen, unter der Bedingung freilich, daß ich sie keiner andern Firma am Ort überließe. Trotz einem gesegneten Fremdensommer zeigte sie in ihrem Fenster nie ein Stück davon; einem auswärtigen Freund, den ich einmal hinschickte, sich meine Sachen zeigen zu lassen, gab sie den Bescheid, so geschmacklosen

Narrenplunder verkaufe sie nicht; sie empfahl ihm stattdessen den ihren.

Nun, närrisches Plunderzeug nannte meine Arbeit bisweilen auch der Töpfer, indes ohne bösen Willen, mehr im Scherz und nur wenn er entsprechend vom Wein glühte, während er gegen meine Mitstreiterin auf dem Majolikafeld auch nüchtern mit seinem harten Urteil nicht hinterm Berg hielt. Der lachende Dritte blieb der weiland Porzellanmaler, der zufrieden war, wenn er nur täglich eine bestimmte Groschenzahl in seinem Büchlein vermerken konnte und keine Stunde müßig, will sagen: verdienstlos zu sein brauchte. Ich ermunterte ihn, als es mit mir aufwärtsging, mein Unternehmen in Arbeit und Gewinn mit mir zu teilen, statt bei der launischen Kunstgewerblerin im Stücklohn mühsam seine Pfennige zusammenzuklauben. Aber er lehnte ab: er sei nicht wie ich ein aus dem Vollen schöpfender Künstler; sein Losungswort sei Sicherheit, auch wenn sie dürftig einherkomme, und mit seinen nahenden Dreißigen habe er nicht die Kraft noch den Mut, umzusatteln. Guter Gustav, ängstlicher Hänfling, bravster aller Majolikamaler! Ich sah die Vermessenheit meines Vorschlags ein und versuchte nicht weiter, ihn von seinem Schnörkelmalen, das ihm, wie er sagte, zur Gelenksache geworden, zu Besserem abzulenken. Hatte er nämlich die höhere Würde eines Porzellanmalers, davon er manchmal noch mit schmerzlichem Stolz sprach, um des Groschens willen zwar für den hellen Tag abgelegt, so übte er sie oft noch in die späte Nacht hinein aus an Aufträgen eines Porzellangeschäfts, für das er Tassen, Gläser, Platten,

Teller, Namensschildchen, ja, porzellanene Grabplatten zusammenpinselte, alles nur nach Maßgabe vorfallenden Bedarfs, der zwar so dürftig blieb wie seine Entlohnung; ihm aber waren es Groschen...

Was den guten Burschen indes auszeichnete, war seine Gewissenhaftigkeit: Er hätte kein Stück Arbeit aus der Hand gelassen, dessen Güte er nicht verbürgen konnte, und pflegte auch Mißratenes, selbst wenn ihn keine Schuld traf, ohne Entgelt neu herzustellen. Gegen Tadel, auch gegen ungerechten, war er hilflos und schwieg; tief aber schmerzte ihn ein Abstrich am Lohn, und tödlich schien ihm die Aussicht auf Arbeitslosigkeit. Sinkende Aufträge schon brachten ihm diese lähmende Furcht, und er sprach dann gleich von einer Rückkehr nach Berlin zur Taglohnarbeit, auf die Gefahr selbst, weniger zu verdienen, als mit seiner Stückarbeit für die Münchnerin. Ein gütiges Schicksal ersparte ihm jedoch diese Abwanderung, und er verwuchs ganz mit dem Städtchen, wo er noch zu schönem Erspartem, aber auch zu einem frühen Abscheiden kam.

Die erwähnte räuberische Nachbildung meiner Arbeiten riet mir, ähnliches Pech zu vermeiden, und dabei kam ich zugleich wieder näher zur Kunst, der ich in der ersten Bedrängnis entlaufen war: Ich begann nämlich mit Tierplastik. Über drollige Hunde- und sehr würdige Katzengestalten kam ich rasch zu komischen Zerrbildern von Nashornen und Känguruhs; zu gemütlichen Eseln und Rosinanten, die von selbst nach Sancho und seinem Ritter yahten und wieherten. Von diesen beiden entstanden einige ergötzliche Gruppen, und hier war mir der Schlesier wieder von schönstem

Nutzen: Der bescheidene Mensch, der einem Künstler gegenüber nie ein eigenes Urteil wagte, führte die Behandlung der beiden Gestalten erstaunlich gut durch und setzte den genießenden Schildknappen in so blutvolle Farbe, wie den ledernen Ritter in Wurmstich und moderigen Schimmel. An diesen Stücken fand selbst der mürrische Töpfer Gefallen und brachte sie im Ofen besonders sorglich unter, geschützt gegen Beschädigung oder Verunreinigung. Vornehmlich aber ergötzten ihn einige komische Käuze des Städtchens und Karikaturen von Sommergästen, z. B. einem überfetten Poeten, dem, wie er sagte, nur noch die Zitrone im Maul fehlte, und den er boshaft Schweinernes ohne Kraut taufte. Diese wurden warm von der Muffel weg verkauft; dem einen davon begegnete ich nach zehn Jahren unverhofft in Italien wieder. Ich hatte das Stück ganz aus der Erinnerung verloren und sah es nun mit lächelnder Wehmut.

Unterdessen geschah aber dem Betrieb etwas, was wir im Bestreben, nur ehrliches Handwerk zu schaffen, fernhalten zu können gewähnt hatten. Es fiel uns eines Tages auf, daß der Töpfer gegen die Münchnerin, die er bisher nicht mit Samthandschuhen angefaßt hatte, seltsam freundlich wurde und sie, scheinbar zwar nur im Scherz, ermunterte, mehr Aufträge zu bringen, damit er die Muffel füllen könne. Obwohl wir nämlich wie zuvor weiterarbeiteten, fiel der Brand oft eine Woche später als üblich. Der Schlesier fand auch, der Alte sei mit eigner Arbeit nimmer so eifrig an der Töpferscheibe. Seine Abnehmer, die das Bauerngeschirr in ihrem Planwagen auf die Geschirrmärkte fuhren, kamen spärlicher, und ein Teil der Ware trat im Wohnhaus des Töpfers in den Ruhestand, später einiges auch in der Werkstätte. Für den Schlesier hieß das bereits auf Vorrat gearbeitet, was ihn bei eignen Aufträgen erschreckt hätte. Mir konnte die Sache gleichgültig sein; dagegen wurde die Münchnerin ungeduldig, sobald ein Brand länger ausstand, und drohte einigemal, allerdings blind, ihre Ware anderswo fertigen zu lassen. Hätte der Alte solches Auftreten sonst grob erwidert, so tat er jetzt klagenden Tons überfreundlich, ein andermal auch vorwürfig, sie bringe zu wenig Aufträge; wo ihn wirklich der Schuh drückte, verhahl er zunächst.

In jenen Tagen kam zu uns ein Mann aus der Umgegend, ein reicher Sammler, wie man mir ihn rühmte, um ihn aber im selben Atemzug als Sonderling lächerlich zu machen: dies freilich zu Unrecht, wie sich's später erwies. Der wollte alte Majoliken nachgebildet haben und war vom Töpfer an den Schlesier gewiesen worden. Dieser erbat sich Bedenkzeit, während der er mich dann zur Anfertigung der nötigen Model gewann; es handelte sich um hundertjährige Tintenzeuge, alte Wappenschilder, auch freistehende Wappentiere, die in möglichst getreuer Nachbildung ein Zwillingsdasein erhalten sollten. Ich formte aus den Modeln die Stücke aus, der Schlesier brachte die Begüsse und Glasuren an, und der Besteller war nicht nur mit der Ausführung sehr zufrieden, er zahlte auch über alles Erwarten gut: Hänfling verdiente im halben Monat nicht soviel wie hier an einem einzigen Stück. Aber dabei ließ es der Mann nicht bewenden; er schlug dem

Gustav Hänfling (o. D.)

Schlesier vor, solcher Arbeiten mehr und in verschiedenen Farben auszuführen, womit er Geld in Fülle verdienen könnte; mit Empfehlungen wolle er ihm an die Hand gehen. Trotz meinem Zureden lehnte der Schlesier den Handel ab, mit Berufung auf seine Arbeiten für die Münchnerin, neben denen er nicht die Zeit fände. Der Baron lachte dieser Bedenken und versprach dem Ängstlichen sogar, mit Geld helfen zu wollen. Schließlich steckte er sich hinter den Töpfer, dem er das Geschäft abzukaufen sich erbot, um darin einen neuen Handwerkszweig zu pflegen, und zwar unter gut bezahlter Leitung des Schlesiers.

Nun zog der Stein im Wasser seine Kreise. Ich machte meinem Mitarbeiter einen Plan: Seiner Beschäftigung wegen mochte die Münchnerin ihre Bauerntöpferei weiter betreiben, ich selber würde meine neuen Absichten ausführen, zugleich mit der von dem Baron angeregten Unternehmung; der Töpfer aber, der sein Geschäft abgäbe oder vermietete, könnte die eigenen Aufträge und den Brand der übrigen besorgen. Aber der Alte blieb starrköpfig; er wollte weder verkaufen noch vermieten, ja, solange seine Hütte stehe, die ganze Arbeit darin überwachen, sonst reiße morgen schon der neue Schwindel ein, sagte er, den er bis dahin ferngehalten habe. Nicht zufrieden mit dieser bündigen Erklärung, tobte er in der Werkstatt herum, nahm alle Hennenpfitz die erloschene Pfeife aus dem einen in den anderen Mundwinkel, verbrannte tausend Streichhölzer, sog sich ganze Bachfurchen in die blauen Backen und half, wenn ihn der Schnaufer einmal verließ, mit dem Schnapsbudelchen nach. Der gute Schlesier kniff vor der eignen Unschlüssigkeit aus und verschanzte sich hinter der Münchnerin, solange sie ihren tönernen Schild über ihn hielt; vor allem wollte er keinen Groschen seines Ersparten aufs Spiel setzen. Als hätte das jemand verlangt. Ganz wild tat gar die Münchnerin, die mitten in die Besprechung hineingestürmt kam: Sie lasse sich nichts in ihr Unternehmen hineinreden: weder geschäftlich noch technisch, vollends nicht künstlerisch. Niemand hatte daran gerührt; sie aber hörte sich halt gern reden. Sie fuhr wie eine Schmeiße in der Werkstätte herum, als der Alte schon wieder an seiner Scheibe saß, sie mit den großen Barfüßen herumtrommelte, einen Lehmpatzen nach dem andern daraufhieb, zur Schale formte, wieder zusammentatschte und zu den übrigen Tonwürfeln feuerte. Als gar die Münchnerin schriftlichen Bescheid von ihm forderte, daß alles beim alten bleibe, schrie er sie heiser an: »Der Alte bin ich, und bei dem bleibt alles«, rannte weg ins nahe Wirtshaus, die Münchnerin verduftete, der Schlesier aber stand bedeppt, als wäre er am ganzen Sturm schuld; mir aber blieb das Vergnügen, dem Baron darüber zu berichten. Schien indes gleich die ganze Werkstatt aus dem Leim gegangen, anderntags stand alles wie zuvor, und die Arbeit ging ihren alten Trott.

Unser wohlmeinender Mäzen war allerdings mit dem Verlauf der Dinge minder zufrieden als ich, der das wurschtige Gefühl hatte, es könne mir nichts geschehen. Etwas beleidigt meinte er, wenn das Glück dem Menschen die Hand biete, stoße er sie zurück, und oft nicht bloß aus Dummheit. Das hieß wohl: aus

Hochmut! Gleichwohl kam er mir mit einem neuen Vorschlag: Ich möchte einige erlesene Tierstücke anfertigen, alle in eigenartiger Tönung, und sie seinem Sohn überlassen zu festem Kauf oder zum Vertrieb; der reite nämlich ein Steckenpferd, und so ein Handel mit künstlerischer Majolika sei schließlich eine lohnende und zugleich vornehme Sache. Um mein Vertrauen zu gewinnen, gab er mir einstweilen den Auftrag, von ihm und dem Sohn Majolikabüsten oder mittelgroße Statuetten zu schaffen. Solche modellierte ich denn auch, und zwar beide Herren als Jäger mit ihren Hunden: eine Arbeit, die mich sehr befriedigte; war ich damit doch wieder zur strengeren Plastik zurückgekehrt. Der Schlesier leistete mir dabei wertvolle Hilfe bei der Tönung, einem mir immer noch fragwürdigen Feld, während er hier ein sicheres Gefühl und den besten Geschmack bewies. Als ich die vorzüglich geratenen Stücke abgeliefert hatte und mir ein Diener hernach mein Honorar in zehn schönen Scheinen in die Werkstätte brachte, machte der Schlesier große Augen und meinte, man hätte sich die Sache neulich doch besser überlegen sollen. Der Töpfer aber brummte: »Nur immer hoch hinaus, statt daß einer erst das Handwerk lernt«, und hieß die Bezahlung eine hochmütige Verschwendung für Hafnerware. Ich spottete dawider: Der Baron wolle nur zeigen, daß er in der Lage wäre, ihm die ganze Lehmwerft gegen bar abzukaufen und eine Goldgrube daraus zu machen; das sei aber leider verscherzt. »Gott habe es selig, ja!« versetzte der Alte, stand von der Töpferscheibe auf, darauf er eine halbfertige Vase der Münchnerin sich im fünften Monat zu Tod kreißen ließ, indem er zum Trunk lief.

Solche Launen des Alten beirrten uns nicht, sie zeigten indes seinen Unwillen über den Geschäftsrückgang, und dies bestärkte den Baron in neuen Plänen. Danach sollte ich das Geschäft des Töpfers kaufen, wozu er mir das Geld vorschösse, die Bauernware aufgeben und mich nur dem Kunsthandwerk widmen, wobei die Bildhauerei ja bescheiden nebenhergehen könne. Die Massenware der Münchnerin, die dem Unternehmen nicht zum Ruhm gereiche, müßte ausgeschieden werden, der Schlesier hingegen in guten Lohn genommen mit Gewinnanteil; einen so anstelligen Mann müsse man fördern, statt ihn mit dem Ausbeutungsblick zu betrachten. Würde ich dann noch den jungen Baron an dem Unternehmen beteiligen: Ob ich mir da, fragte er, als Handwerker wie als Künstler was Schöneres wünschen könnte?

Seinen Plan mußte ich zwar gutheißen, das größte Hindernis dafür war dann aber ich selbst. Auf Gewinn um Gewinnes willen nach Art des Kaufmanns war ich nie ausgewesen, auch nie der nach Trümpfen schielende Kartenspieler. Ich drängte zur Kunst, trotz ihrer Unsicherheit, nicht aber zur Buchführung, um darin Gewinn und Verlust zu schaukeln. Da wäre sein Sohn der vorbildliche Mann für – meinte darauf der Baron; denn nichts reite einer so gern und schirre es fürsorglicher auf als ein Steckenpferd; nur mit mir sei anscheinend schwer zu kutschieren. Das gab ich schweigend zu, und damit lag der Plan im Wasser.

Indes wurde mir kurz hernach ein zweiter vorgetragen, wieder mit dem Ziel, die Töpferei zu erwerben, das Unternehmen fortzuführen und unter meiner Leitung zu erweitern, ja, auszubauen und zu vertiefen, hieß es zeitungsdeutsch. Diese Vertiefung sollte ich gleich kennenlernen. Der Mann war der Besitzer einer Großziegelei und wollte zum Ausbau des Unternehmens seinen Sohn, der in München als Bildhauer studierte, in das Geschäft hineingeben. Dieser sollte nach seiner Begabung und besonderen Neigung aus volkstümlichen Arbeiten Massenartikel schaffen, als da waren: Dorfkäuze, Gemeindedeppen, Nachtwächter, Betschwestern, dürre Schulmeister und dicke Schulzen, aber auch Totentänze nach Art der Zizenhauser Figuren und ähnliches, das meiste als Halbplastik, der leichteren Formbarkeit wegen. Als Grundstock, der das Unternehmen tragen sollte, dachte er sich Wand- und Bodenplatten: Dies hieß mein Gönner Volkskunst; die strengere sollten sein Sohn und ich nebenher verüben; doch hatte ein Teil ihres Erlöses auch in die Geschäftskasse zu fließen. »Der Herr Ziegelbäcker hat die Branche veredelt«, sagte mir dazu der Baron; »da werden Sie doch wohl zugreifen.« Natürlich lehnte ich ab. Trotzdem kam der junge Bildhauer immer wieder in die Werkstätte, zum Leidwesen des Töpfers, der ihn nicht riechen konnte, schnüffelte an meinen Arbeiten herum, setzte sie beim Schlesier hinterrücks herab und brachte eigene Sachen zum Brennen. Damals mißrieten rätselhafterweise einige meiner Arbeiten, die immer die Aufmerksamkeit des Bildhauers erregt hatten: Es fiel an ihnen in langen Strichen Farbe und Glasur bis auf den Scherben ab. Der Töpfer sprach von Fett, das auf den lederharten Ton gebracht sein müsse, vor dem Auftrag des Begusses, und jetzt entsann sich der Schlesier den Bildhauer einmal im Nebenräumchen, wo wir die wertvolleren Stücke trockneten, über dem Verstecken eines Fläschchens voll trüber Flüssigkeit betroffen zu haben. Der Töpfer riet auf Seifenwasser. »Da haben Sie den Kollegen!« sagte er zu mir; in der Folge verwies er ihn aus der Werkstatt.

Es war dann wieder ein ruhiges Arbeiten in der heimeligen Bude. Der Töpfer schien glücklich, sein Wirkungsfeld frei von Großräubern gehalten zu haben, wie er sagte, und wie zuvor weiterwerkeln zu können; doch begann er sichtlich zu altern. Vielleicht ahnte er, daß seine stille Werkstatt einmal dem lärmenden Fabrikraum weichen müsse – und das redliche Handwerk dem trughaften Allerweltsbetrieb mit den Sklaven der Maschine. Indes verlor er nie ein Wort darüber.

Es kam aber für den Schlesier und mich eine weitere Versuchung. Mancher, der sich zuvor als freier Künstler gebrüstet hatte, fand plötzlich das Kunsthandwerk ratsamer, will sagen: gewinnreicher und ging mit fliegenden Fahnen dazu über: in der kleinen Stadt allein schon der dritte. Diesmal war es ein Kirchenmaler, der sehr tüchtig gewesen, es aber durch unredliches Geschäftsgebaren mit seinen Auftragsherren unheilbar verdorben hatte. Er empfahl sich uns zur Mitarbeit. Erheiternd dünkte uns, daß er dabei sich immer noch als Kunstmaler brüstete, ganz wie unsere Münchnerin. Dieser Maler nun hatte in seiner sehr geräumigen Waschküche sich eine Muffel einbauen lassen und töpferte mit wahrem Feuereifer daraufflos.

Er fertigte hauptsächlich Vasen in schlanker, vornehmer Form; daneben Schmuckschalen in allen Größen; reines Gebrauchsgeschirr nur wenig; auch ging bei allen diesen Sachen der Maler mit ihm durch: Er hatte unsagbar schöne und reine Flüsse, an denen sich der Schlesier nicht sattsehen konnte; namentlich bezauberte ein Goldgelb neben Weiß und dunklem Oliv, aber so weiter auch in andern Stufungen und Tönen. Mit großen, edlen Krügen, die in der Gestalt von den meinen angeregt schienen, wollte er sich wieder als Maler ausweisen: Er kratzte in die Tönung allerlei lustige Dinge hinein, die nach dem Brand auf dem hellroten Scherben sichtbar wurden. Es waren wertvolle Arbeiten und fanden denn auch rasch gute Abnehmer, aber so auch seine bunten Flüsse. Der Schlesier meinte freilich, dergleichen könne nicht mit rechten Dingen zugehen. In der Tat arbeitete der Mann, soweit er uns Einblick gönnte, mit den neuesten Mitteln, im Gegensatz zu unserem Töpfer, der solche peinlich fernhielt, nahm aber auch keine Rücksicht auf wichtige Dinge, z. B. den Spannungsunterschied zwischen Scherben und Schmuckmittel; er mischte sogar den von auswärts bezogenen Ton mit dem der nahen Umgebung, der Salpeter ausblühte. Ich gab ihm aus Vorsicht nur ein Kinderrelief für olivgrüne Tönung und ein Narrenfigürchen, dessen Färbung ich ihm freistellte. Wie er zu Werke ging, sollte ich bald sehen. Er hatte Samstag nachts gebrannt, und als ich Montags früh zufällig mit ihm zu sprechen hatte, stand er vor der offenen Muffel, nahm mit dicken Wollhandschuhen Stück um Stück heraus, stellte sie auf den Tisch, und nun vollführten die Vasen und Schalen ein zartes Konzert wie auf eitel Silbersaiten oder einem gläsernen Spinett, und binnen einem Viertelstündchen waren die bunten Gebilde von Glasurrissen wie mit Spinnweb bedeckt. Halbwarm noch verpackte er die Ware und schickte sie an die Besteller. Unser Töpfer ließ seinen Ofen acht Tage lang auskühlen, mochte die Münchnerin noch so ungeduldig durch die Werkstatt fauchen, und dieser Kunsttöpfer wollte sein Werk nur über Sonntagslänge strecken. Unbelehrbar lachte er über die Ängstlichkeit unseres Alten, der freilich nicht wie er vom Samstag zum Montag reich werden wollte, aber auch nie seine Ware zurückerhielt, wie unser Kunstmaler, dem alle Farben von den Gefäßen blätterten. Zur Umkehr war's zu spät; ein halbes Jahr darauf war er bankrott. Unser Töpfer lächelte: »Mancher lernt's nie«, sagte er ruhig, »aber heute will jeder durch Schwindel reich werden.«

Nach dieser neuen Erfahrung arbeiteten wir wieder auf unserem bewährten Feld weiter. Hänfling schloß sich jetzt mehr an mich an, da die Bayerin unsicher wurde, und konnte dabei noch einige schöne Gewinne machen; aber die Aussichten, die ihm der Baron geboten, waren verscherzt. Daß dessen Sohn noch mit mir weiterarbeitete, hielt den alten Töpfer bei der Stange, da wir ihm den Ofen füllen halfen; sein eigner Handel ging sehr zurück – und zum Schrecken des Schlesiers auch die Aufträge der Münchnerin. Sie überließ eines Tages ihren Kram einem Großbetrieb und den getreuen Mitarbeiter seinem Schicksal. Der Großziegler versuchte noch einmal, den Töpfer für sich zu gewinnen; der aber schloß als ehrlicher Handwerker seine

Werkstatt. »Wir schaffen redlich«, sagte er, »aber die Maschinensklaven heißen sich Ritter der Arbeit.«

Anhang

Klein von Gestalt, wie es sich mir
in meinem jüngsten Traum zeigte,
sei dies Prosastückelchen.
Ich hoffe, mir gelinge nächstens
eine umfangreiche dichterische
Unternehmung, obwohl ich
grundsätzlich immer so wenig wie
möglich hoffe.

Robert Walser

Dunkle Wolken begannen, sich über der Welt zusammenzuziehen. Sie kündigten zunächst eine finstere Zeit und dann einen Feuersturm an, wie ihn die Welt niemals zuvor erlebt hatte. Die 1929 einsetzende Weltwirtschaftskrise führte in allen Industrieländern zu Unternehmenszusammenbrüchen, führte zu Deflation und Massenarbeitslosigkeit. In Deutschland bewirkte die Krise eine weitere Zuspitzung der innenpolitischen Situation. Hatte die NSDAP zuvor zwölf Reichstagsmandate inne, so errang sie 1930 107, zwei Jahre später 230 von insgesamt 608 Sitzen. Am 30. Januar 1933 schließlich beruft Reichspräsident Hindenburg Adolf Hitler als Reichskanzler.

Die weiteren Entwicklungen und Ereignisse sind nur allzu bekannt und seien an dieser Stelle lediglich kurz in Erinnerung gerufen: Die demokratischen Kräfte innerhalb der deutschen Gesellschaft und die politischen Gegner der Nationalsozialisten werden Schritt für Schritt ausgeschaltet. Die Diskriminierung und Verfolgung der Juden beginnen und nehmen im Laufe der Zeit immer schrecklichere Formen an. Im Rahmen einer »Aktion wider den undeutschen Geist« veranstaltet die Deutsche Studentenschaft am 10. Mai 1933 in vielen Städten Bücherverbrennungen. Am 22. September 1933 wird das Reichskulturkammergesetz erlassen. Der angebliche Röhm-Putsch dient im Sommer 1934 als willkommener Anlass für eine blutige Mordaktion unter dem Losungswort »Kolibri«, der politische Gegner Hitlers in München und im ganzen Reich zum Opfer fallen. 1935 werden die antisemitischen »Nürnberger Gesetze« verkündet, im März 1936 remilitarisieren die Nazis das Rheinland, und 1938 erfolgt der »Anschluß« Österreichs. Die Aufrüstung läuft auf Hochtouren, Hitlers Macht ist unangefochten. Zum Jahreswechsel 1936/37 notiert der Dresdener Romanist Victor Klemperer, der als (zum Protestantismus konvertierter) Jude seine Professur längst verloren hatte, in seinem Tagebuch: »Ständige Verarmung und steigende Finanznot ... Ständige Vereinsamung. Gar keine Hoffnung mehr auf einen Auslandsposten, sehr geringe, ich will nicht sagen, gar keine, das wechselt von Stunde zu Stunde –, sehr geringe auf das Ende des dritten Reichs.«

Dennoch gibt es für viele Menschen in Deutschland noch immer so etwas wie Alltag, Vergnügen und Unterhaltung, für Menschen, die von den Machthabern und ihren Handlangern nicht verfolgt werden und keine Gegner des Systems sind. Der nationalsozialistische Staat will ablenken, möchte das Volk, wie man so schön sagt, auf andere Gedanken bringen, und diesem

Zweck dienen u. a. die Inszenierungen der Olympischen Spiele von Berlin oder ein Kraft-durch-Freude-Schiff wie die »Wilhelm Gustloff«, die am 5. Mai 1937 vom Stapel läuft und Kreuzfahrten für deutsche Arbeiterinnen und Arbeiter anbieten soll.

In diese Zeit hinein publiziert Heinrich Ernst Kromer seine späten Prosabücher *Von Schelmen und braven Leuten* (1934) *und Alemannisches Geschichtenbuch* (1937). Sie enthielten vor allem kleine Anekdoten und Erzählungen, die der vorliegende Band in einer repräsentativen Auswahl neu zugänglich macht. In den 20er Jahren hatte Kromer insbesondere Kurzprosa geschrieben und in Sammelwerken wie dem »Bodenseebuch« veröffentlicht. Als der Leipziger Staackmann Verlag im März 1934 Interesse an seinem literarischen Werk signalisierte, schlug Kromer umgehend eine Sammlung von Anekdoten vor, die er unter dem Titel *Jauzbrüder* zusammenfassen wollte. Das war im April. Der Verlag reagierte prompt: Er sagte zu, schlug jedoch *Neues Schatzkästlein* als Titel vor, den Heinrich Ernst Kromer freilich ablehnte. Kromer, der im Insel Verlag Werke Hebels herausgegeben hatte, konnte kein Interesse daran haben, als Epigone des weltberühmten Schwarzwälders zu gelten – zumal seine Anekdoten und Erzählungen nicht nur am Typus der Kalendergeschichte anknüpfen, sondern sich – thematisch und stilistisch – teilweise auch auf die deutsche Schwankliteratur des 16. Jahrhunderts beziehen. Trotz der Diskussionen zwischen Autor und Verlag erschien der Band bereits im Mai 1934 unter dem spätmittelalterlich inspirierten Titel *Von Schelmen und braven Leuten.*

Einige Texte, die Kromer dem Staackmann Verlag vorgeschlagen hatte, wurden offenbar aus politischen Gründen nicht in die Sammlung aufgenommen. Angst und Selbstzensur regierten, nicht ohne Grund, bereits die Köpfe der Lektoren. Immerhin aber konnte die Anekdote *Am Radetzki-Denkmal* mit dem armen jüdischen Händler, der einen österreichischen Weltkriegsleutnant kurz vor seinem Soldatentod in Galizien zum Besseren hin »verwandelt«, im Jahr 1934 noch erscheinen. In der zweiten (1937) und dritten (1942) Auflage war dies dann nicht mehr möglich. Die kleine Erzählung wurde nun durch die harmlosen Prosastücke *Der Hannes und der Schmied-Kobel* und *Etwas von der Eisenbahn* ersetzt. Die Gleichschaltung des deutschen Geisteslebens schritt voran – in Richtung Abgrund.

Zu den bedeutenderen Stücken aus Kromers späten Prosabänden zählen zweifellos die Erzählungen *Werkstattleben* und *Aus der Metmamühle*, die beide Eingang in das *Alemannische Geschichtenbuch* fanden und jeweils in größere Erzählzusammenhänge gehören. *Werkstattleben* stellt eine kurze Variante des *Hänfling*-Stoffes dar, also jener Texte, die bis heute die meisten Auflagen von Kromers Werken erreicht haben. Ist der Roman vom Dezember 1914 (auf der Titelseite wird das Jahr 1915 genannt) vor allem eine anrührende Studie über Armut, Sparzwang und Geiz, so erscheint die späte Kurzfassung von 1934 eher als eine Erzählung, die am Beispiel einer traditionellen Töpferwerkstatt Einblick gibt in eine Epoche des Umbruchs, in der Altes vergeht und Neues entsteht. Der Text macht die Gleichzeitigkeit des Ungleichzeitigen sichtbar und stemmt sich erzählerisch zugleich gegen die neue Zeit der industriellen Massenproduktion. Das letzte Wort hat der alte Töpfer, der am Ende seinen Betrieb aufgibt: »»Wir schaffen redlich‹, sagte er, ›aber die Maschinensklaven heißen sich Ritter der Arbeit‹.«

Es ist hier nicht der Ort, die komplexe Textgenese des *Hänfling* zu erörtern. Erwähnt werden sollte freilich, daß der Roman von 1914/15 autobiographisch geprägt ist, hat sich Kromer bekanntermaßen doch auch als Kunsthandwerker, als Keramiker betätigt. Und ganz nebenbei, auch dies kann als gesichert gelten, ist der *Hänfling* zugleich ein Schlüsseltext mit engen Bezügen zur Konstanzer Gesellschaft. Beides, autobiographische Züge und Verweise auf das kulturelle Leben von Konstanz, kennzeichnen selbst noch die späte Kurzfassung von 1934. So erinnert die Münchener Kunstgewerblerin, die uns in der kurzen Erzählung begegnet, an die 1857 in St. Blasien geborene Elisabeth Schmidt-Pecht und der Baron an Kromers Freund Emanuel von Bodman.

In der Literatur zu Heinrich Ernst Kromer wird mehrfach darauf verwiesen, der Autor habe sich bereits zu Beginn des 20. Jahrhunderts mit dem *Hänfling*-Stoff beschäftigt und im Jahr 1908 unter dem Pseudonym Heinrich Amann die Erzählung *Der schlesische Porzellanmaler* in der Zeitschrift »Die Schweiz« veröffentlicht. Allein, der mir vorliegende Jahrgang 1908 der »Schweiz« enthält zwar Beiträge von Hermann Hesse, Paul Ilg, Rosa Schapire und vielen anderen Autorinnen und Autoren, jedoch keine Novelle von Heinrich Ernst Kromer oder eines Heinrich Amann. Allerdings findet sich in diesem Band u. a. auch die kleine Rezension eines Kinderbuchs von Ernst Kreidolf aus der Feder eines Münchener Autors namens Ernst Kramer. Es erscheint mehr als wahrscheinlich, daß sich hinter diesem Ernst Kramer Heinrich Ernst Kromer verbirgt, der längere Zeit in München gelebt und sich auch an anderer Stelle über Kreidolf geäußert hat. Was freilich die frühe *Hänfling*-Version aus dem Jahr 1908 angeht, so wird zu überprüfen sein, ob es sich dabei um ein literarhistorisches Phantom handelt oder nicht. Ließe sich die Erzählung zu dem postulierten Zeitpunkt verifizieren, lieferte sie ein weiteres schönes Exempel für die Ungleichzeitigkeit des Gleichzeitigen; denn im selben Jahr 1908 nahm Marcel Proust die Arbeit an seinem *Contre Saint-Beuve*-Projekt auf, aus dem heraus sich, nur ein Jahr später, die Anfänge seines Epochenromans *À la recherche du temps perdu* entwickeln sollten, der u. a. davon handelt, wie die neue Zeit die alte Zeit verdrängt und sämtliche gesellschaftlichen Parameter und Koordinaten verändert.

Doch nochmals kurz zurück zum *Hänfling*-Stoff. Eine weitere Fassung der Erzählung erschien, dies soll der Vollständigkeit halber zumindest erwähnt werden, unter dem Titel *Erlebnisse eines Kunsthandwerkers* in der Ausgabe vom November 1934 der Zeitschrift »Das Innere Reich«, einem Publikationsorgan des Münchener Verlags Langen-Müller, in dem u. a. Hans Friedrich Blunck, der von 1933 bis 1935 Präsident der Reichsschrifttumkammer war, und Hans Grimm, der Verfasser des Kolonialromans *Volk ohne Raum*, aber auch Autoren wie Johannes Bobrowski, Günter Eich, Peter

Huchel, Ernst Jünger und Karl Krolow veröffentlichten.

Die Erzählung *Aus der Metmamühle* ist das Schwarzwälder Seitenstück zu Dorus Kromers transatlantischen Erinnerungen, die sein Sohn Heinrich Ernst redigierte und im Jahr 1935 unter dem Titel *Die Amerikafahrt. Aus den Goldgräberjahren eines Schwarzwälder Bauernsohns* herausbrachte. In der *Amerikafahrt* erscheint Dorus als ein zweiter Arnold Lohr: leichtsinnig und impulsiv. Er hat für seinen Aufbruch in die Neue Welt »...nichts Triftiges...«, keine existentiellen Gründe anzugeben, sondern nur, dass er »...ein unruhiger Kopf voll Unternehmung (war), und so bedurfte es nur eines kleinen Zwists mit meinem älteren Bruder, daß mein Entschluß fertig stand: Nach Amerika!«

Die Familie, die die Metmamühle bewirtschaftet, hingegen hat triftige Gründe, um ihren Sohn in die Fremde zu schicken. Es sind jene Gründe, die im 19. Jahrhundert zahlreiche Deutsche und nicht zuletzt viele Schwarzwälder zum Auswandern in die Vereinigten Staaten bewogen: prekäre wirtschaftliche Verhältnisse, Überschuldung, Armut. Richtet die *Amerikafahrt* den Fokus vor allem auf Dorus' Abenteuer und Überlebenskampf in der Fremde, so entspricht die Erzählung *Aus der Metmamühle* eher Heinrich Ernsts Perspektive, der als einziger aus dem Umkreis seiner engeren Familie nicht nach Amerika ausgewandert und in Deutschland zurückgeblieben ist. Bei Lichte besehen unternimmt die Novelle nichts anderes als ein Loblied des Zauderns und der klugen Vorsicht: Der Entschluß, zu warten und den Aufbruch ins Glück verheißende Kalifornien hinauszuzögern, erweist sich als das einzig Richtige und verhindert ein mögliches Unglück. Die Protagonisten von Kromers mit sicherer Hand komponierten Erzählung erhoffen sich nicht viel, aber am Ende haben sie sogar doppeltes Glück. All dies paßt ebenso wenig in jene nach Kruppstahl, Juchtenleder und Heldentum schmeckenden Jahre wie die hellsichtigen Träume des sensiblen und introvertierten Jungen aus der Metmamühle, dem der Autor, von dem man weiß, wie bedacht er mit literarischen Namen umgegangen ist, seltsamerweise den Namen Adolf gegeben hat. Im übrigen erscheint es geradezu rührend, wie Kromer, neben der *Amerikafahrt* selbst, auch diese Erzählung zu einem Ehrenmal für seinen toten Vater macht, der einmal mehr zum Retter in der Not wird. Am Schluß heißt es: »... und damit wurde auch Frau Lines Ausspruch Wahrheit, daß, wo was Rechtes werden sollte, es in allewege Dorus tun müsse.«

Auch die anderen Anekdoten und Erzählungen, die der vorliegende Band versammelt, handeln vorwiegend, nicht ausschließlich, von den sogenannten kleinen Leuten, von ihren Sorgen, Nöten, Dummheiten und Schelmenstücken. Das Personal setzt sich u. a. aus Künstlern, Studenten, Gewerbetreibenden, Händlern, Bauern, Landstreichern, Soldaten und Geistlichen zusammen. Manche Texte handeln vom intelligenten Aufbegehren gegenüber echten oder vermeintlichen Autoritäten, wie etwa die Anekdote *Pfarrer und Bischof,* viele besitzen unterhaltenden Charakter oder haben ein *Merk's*, eine beiläufige Belehrung, im Gepäck; aber es begegnen uns auch Erzählungen, die dunkle Töne anschlagen. Ein Text zum Beispiel führt dem Leser vor Augen, wie Soldaten, die ins Feld ziehen, buchstäblich ihr eigenes Grab schaufeln. In dem Prosastück *Mörikes Landstreicher* scheint Kromer mit scharfem Blick das Menetekel seines eigenen Endes in Armut, Elend und Krankheit zu entwerfen. Der namenlose Alte kennt, wie der Autor, seinen Homer, seinen Shakespeare, doch erst nach seinem Tod im Pfarrhaus erkennt man in ihm einen ehemaligen Künstler »... von gewichtigem Ruf und umfassender Bildung«.

Heinrich Ernst Kromers Buch *Von Schelmen und braven Leuten* hatte Erfolg. Am 22. August 1934 fand eine kurze Lesung im Südwestdeutschen Rundfunk (Reichssender Frankfurt) statt. Zu einem späteren Zeitpunkt empfahl das badische Unterrichtsministerium das Anekdotenbuch offenbar allen Schulen und Schulbibliotheken, was die Verkaufszahlen beträchtlich in die Höhe schnellen ließ. Und im Zweiten Weltkrieg wurden den kämpfenden Truppen dreißigtausend Exemplare per Feldpost zur Verfügung gestellt. Nach dem Krieg und nach Kromers Tod am 5. Mai 1948 konnte sich jedoch kein Verlag mehr dazu entschließen, die beiden Prosabände *Von Schelmen und braven Leuten* und *Alemannisches Geschichtenbuch* wieder aufzulegen. Gefragt waren nun nur noch *Der Hänfling* und *Die Amerikafahrt*. Es mag durchaus sein, daß Kromer seine Stärken auf längeren Erzählstrecken überzeugender zur Geltung zu bringen wußte. Gleichwohl zeichnet sich auch seine kurze Prosa durch das aus, was seine Texte insgesamt nach wie vor lesenswert macht:

durch seinen prägnanten, eigenwilligen Stil, durch seine unverstellte Sicht auf Menschen und Welt und durch seinen nicht selten abgründigen, hintersinnigen Humor. So erschien eine neue Edition seiner späten Anekdoten und Erzählungen, die seit langem auf dem Buchmarkt nicht mehr zu haben waren, längst überfällig.

Jürgen Glocker

1866 Heinrich Ernst Kromer wird am 26.9.1866 in Riedern am Wald (Landkreis Waldshut) geboren.

1887 Abschluß des Gymnasiums in Konstanz. Bekanntschaft mit Emanuel von Bodman, Ernst und Karl Max Würtenberger, Emil Gött, Emil Strauß, Wilhelm von Scholz, Karl Henckell und Emil Thoma. Beginn des Studiums der Germanistik in Heidelberg, das Kromer nach zwei Semestern abbricht.

1888 Wechsel nach München und Aufnahme eines Jurastudiums.

1890 Abbruch des Studiums, um sich ganz der Malerei zu widmen. Bekanntschaft mit Arnold Böcklin, Wilhelm Trübner, Hans Thoma, Anton Pruska und Max Doerner.

1892/3 Zurück in Konstanz (Münzgasse 24). Kromer verfaßt mehrere Theaterstücke und Kurzgeschichten. Um seinen Lebensunterhalt zu bestreiten, verziert er Holztruhen mit Brandmalerei.

1893 Publikation des Gedichtbandes »Schauen und Bauen« auf Vermittlung von Richard Dehmel.

1897 Kromer verlegt sich auf kunsthandwerkliche Tätigkeiten in Konstanz.

1898 Kromer betreut als Redakteur »Stern's Literarisches Bulletin der Schweiz« in Zürich. Es erscheint seine Novellensammlung »Die Mittendurcher«.

1900 Kromer wechselt seinen Wohnsitz häufig zwischen Konstanz und München. Bekanntschaft mit Ernst

Kreidolf, Robert Weise, Hans Buck und Wilhelm Schäfer.

1905   Kromer zieht nach Braubach in die Nähe von Köln und arbeitet redaktionell bei der Zeitschrift »Die Rheinlande« mit.

1906   Kromers Wohnsitz wechselt wieder zwischen München und Konstanz.

1911   »Gustav Hänfling. Denkwürdigkeiten eines schlesischen Porzellanmalers« erscheint unter dem Pseudoyum Karl Heinz Amann in der Zeitschrift »Die Schweiz«.

1913   Der Roman »Arnold Lohrs Zigeunerfahrt« erscheint im Verlag Rütten & Loening in Frankfurt.

1915   Kromer gibt im Insel Verlag J. P. Hebels »Schatzkästlein des rheinischen Hausfreundes« heraus. – »Gustav Hänfling. Denkwürdigkeiten eines schlesischen Porzellanmalers« erscheint als Buch im Leipziger Insel Verlag.

1919   Kromer gibt J. P. Hebels »Alemannische Gedichte« im Insel Verlag heraus.

1928   Kromer versucht sich in Zürich als Restaurator.

1934   Das Anekdotenbuch »Von Schelmen und braven Leuten« erscheint im Staackmann Verlag.

1935   Kromer gibt im Staackmann Verlag das Buch »Die Amerikafahrt« seines Vaters Dorus Kromer heraus.

1937   Kromers »Alemannisches Geschichtenbuch« erscheint im Staackmann Verlag.

1942   Kromer lebt von nun an bis zu seinem Tod im Marienhaus, dem Altersheim der Stadt Konstanz.

1948   Heinrich Ernst Kromer verstirbt am 5. Mai.

Editorische Notiz

Orthographie und Interpunktion dieser Neuausgabe wurden behutsam aktualisiert und auf den geltenden Stand der bewährten Rechtschreibung vor 1996 gebracht. Druckfehler der Erstauflage wurden stillschweigend korrigiert.

Die Originale der Zeichnungen von Heinrich Ernst Kromer werden im Archiv des Landkreises Waldshut unter den Signaturen N1/1 Nr. 17, Nr. 42, Nr. 123, Nr. 327, Nr. 352 und Nr. 427 aufbewahrt.